雀頭作品集

# 破唐案

裴氏手札・卷三：續崑崙奴

# 楔子

## 五年前

深夜，風雨肆虐，大浪翻湧……

在一重還比一重高的滔天巨浪中，忽見一物時而冒頭、時而下沉，觀之無比顛簸危險、驚心動魄。

此物實則是一艘長十丈，可載貨一千石，乘二、三百人的海船，可在鋪天蓋地而來的颶風席捲下，猶如被黑色狂濤恣意戲耍的弱小螻蟻，苦苦做垂死掙扎……

水密隔艙內混濁惡臭得令人幾乎無法喘氣，密密麻麻擠挨著二百餘名或矮小或高大卻同樣消瘦狼狽，衣著骯髒破爛得只勉強蔽體的黝黑男女。

黑漆漆得不見光的艙底，他們恐懼地睜大了黑白分明的眼睛，在一次又一次癲狂拋高和下墜中互相跌撞，試圖抓住身邊的人……

無論是手腳也好，頭頸也好，只要能阻止他們被這狂暴的咆哮毀滅！

只是下一瞬又一陣升騰大浪打來，船桅轟隆一聲哀鳴斷折、碎裂倒下，霎時重重地砸穿了木造甲板——

眾人在頭頂乍亮的剎那，風雨狂浪劈頭蓋臉傾倒而下，似乎迫不急待欲將這生死同命的二百餘名黑膚男女溺斃當場！

船身危險地傾斜，水手們死命拉住了任何他們隨手抓得到的東西，試圖阻止自己被風浪狠噬入仿若無間地獄的大海……

「救命……」

「天神震怒了，是天神震怒了！」

「嗚嗚嗚……我不想死……我不想死……」

其中有個矯健精瘦的黑色身影緊緊攀附在船沿，身形在巨浪吞吐上下癲狂拋甩中隨著來回擺蕩，粗黑指掌依舊穩穩扣住，另一手試圖伸出去救一個渾身潮溼、滿頭鮮血的同伴。

他們都是剛才從被砸裂的船艙中逃出來的，在一片混亂掙扎求生間，也不知是何時受的傷。

有無數人落海，還有人爲了掙得一線生機，不惜踩著其他人的背脊或頭顱，拚盡全力爬到可能安全的地帶。

那矯健精瘦男子幾經費力，終於抓住了同伴溼淋淋的手指——

「抓穩了！」他的吼聲提醒在漫天呼嘯風雨中，微弱得幾乎聽不見。

同伴額際不斷流血，鹹腥刺眼的血流入了眼睛、面頰、唇齒間……聞聲也只是茫然被動地勉強抬頭，被扣緊的溼滑手指虛軟而無力。

「磨、磨勒……」同伴的身子已經半騰空了，腳下的浪潮如饕餮張大了嘴，兩相緊抓的指掌一寸寸鬆動滑落……

「撐住——」矯健黑膚男子磨勒咬牙激勵著。

同伴在豆大雨點下，依稀看見磨勒因用力過度而痛楚猙獰的面容……可他依然沒有放棄自己。

同伴熱淚盈眶，卻在這一刻忽然不再驚懼駭怕了。

也許，這就是上天與命運的決定……

只是可惜了不能再見一眼家鄉的芭蕉樹……清晨從島上漸漸散開的霧氣……看見金光從海面上照映過來……

阿姜婆婆煮拌著椰米糊糊的香氣……村子裡的孩子和狗嬉笑吵成了一團……

還有他心愛的姑娘啊，還在島上等著他從大唐掙夠娶親的銀錢回家……

他淚流滿面，最後努力對磨勒咧嘴一笑，露出沾染了鮮血，不再雪白如莽吉柿果肉的牙齒，絕望而釋然地喃喃道：

「……磨勒……活下去……活著……回家……幫、幫我告訴妮拉……」

磨勒心下猛地一沉，顧不得因拉扯痛苦得幾欲撕碎的肩膀和手臂，指頭緊扣住同伴的手！

「丹卡，別放棄！我們一定能一起──」

又一陣巨浪怒吼撞擊而來，丹卡鬆開了手，無聲無息地墜入了墨黑如深淵的廣袤大海裡……

「丹卡——！」

# 第一章

## 長安　新昌坊　崔家別院

容貌冷豔、胡服勁裝的卓拾娘，動作俐落地繫上腰間蹀躞七事帶。

佩刀、刀子、礪石、契苾針、噦厥、針筒、火石……一一佩於其上，然後是皮製護腕，再將一支支柳葉刀藏插入內。

她烏黑長髮梳綰成男子髮髻，以銀簪束緊，越發趁顯得眉目如畫、英氣勃勃。

房門陡然響起兩下輕敲——

「進。」她挑眉揚聲。

管家慶伯笑嘻嘻地親自端茶而入，卻在見她全副武裝的當兒一愣。「卓娘子，您這是……要出去？」

她點點頭，接過慶伯手中的茶碗道了聲謝，「對，有點……事要辦。」

慶伯一愣，陡然想起了今天乃休沐日，又逢花朝節，郎君昨兒上門一臉神神祕祕的，莫非……

他霎時咧嘴一笑，忙點頭道：「那好那好，年輕人正合該多多出門走走，莫辜負好春光才是。」

拾娘疑惑。

老人家該不是誤會了什麼？

「其實——」她正想開口解釋，卻見慶伯滿口「老奴明白、老奴了解，老奴也是過來人」，眉開眼笑地顛顛兒跑了。

「……」拾娘覺得自己一點都不明白。

她摩娑了娑下巴——嗯，既想不明白，那便不想了。

拾娘快步走向馬廄，摸摸被別院馬奴服侍打理得越發油光水亮、精神抖擻的馬兒，笑道：

「紅棗，阿姊來啦！」

紅棗也歡快地嘶鳴了兩聲，興奮地跺著馬蹄。

牠前些時日把馬奴精心爲牠炮製的黑豆餅子，三天量做一天吃了，結果吃壞了肚子，將養了好些天才恢復過來。

慶伯原要懲罰沒把黑豆餅子收妥的馬奴，後來還是拾娘幫忙說話，這才沒叫馬奴受貪嘴的紅棗連累。

「以後切記不可再這麼貪吃了，」她輕點了點紅棗的馬鼻，認眞道：「知道嗎？」

紅棗低下頭，撒嬌地用大腦袋往她懷裡蹭呀蹭。

「好了，阿姊要出門了，你繼續歇著吧！」她拍拍紅棗。

紅棗躁動地不斷小跺步著，烏黑大眼睛可憐兮兮地巴望著她。

——想出門。

「不行。」她鐵面無情拒絕。「阿姊要出去辦正事，萬一你到半路又瀉肚子腿軟，阿姊可沒力氣扛你回來。」

紅棗心虛地撇開視線，又悶悶嘶鳴，表示委屈。

「你乖乖的，下回阿姊再帶你出去。」拾娘疼愛地又搓揉了揉牠的馬臉，而後毫不猶豫地往馬廄另外一頭走去。

裴家別院養了好幾匹上等駿馬，其中兩匹是名貴非常的大宛馬，毛亮膘壯身高腿長又神駿凜凜，拾娘本就是愛馬之人，三天兩頭往馬廄來看紅棗時，就會忍不住來摸摸這兩匹「青影」和「照雪」。

裴行眞見她喜歡，主動提出要將青影和照雪送給她，但無功不受祿，拾娘更不可能奪人所好……何況這可是放在外頭都千金難求的汗血寶馬。

見她推辭再三，裴行眞只好退而求其次，央她時不時騎青影和照雪出去溜達溜達。

「大宛馬性喜馳騁，養在別院本就委屈牠們了。」裴行眞笑嘆，眞摯地對她道：「拾娘善御馬，若青影和照雪能得妳領出門奔馳鬆快一二，牠們定然歡喜。」

「這……」她看著兩匹馬兒，心下癢癢，但終究有所顧慮。「這兩匹馬兒這般好，裴侍郎何不帶回府中，平日出門辦差也能──」

他溫雅微笑。「府中河曲馬，大宛馬不下二、三十匹，馬廄著實住不下了。」

拾娘一滯──

……有被炫耀到。

雖說她阿耶麾下兵馬三萬，也有五千騎兵，但那五千匹馬，終歸屬「太僕寺」和「駕部」轄管。

家裡府邸倒是養了七、八匹馬，已足夠嗜馬如命的阿耶沾沾自喜、洋洋自得地跟同袍炫耀──哎呀今日究竟是騎白馬出門好還是騎黑馬出門好？

時常惹得同袍叔伯們個個都想揍他一頓。

然而跟裴相家一比……不不不，眞眞是不得比，比不得呀！

──文武威名赫赫長安的勳貴望族，果然豪氣。

「照雪，今日就勞煩你跟我走了。」拾娘收回思緒，高興地撫了撫面前這匹渾身雪白的大宛馬。

照雪依戀地蹭了蹭她，興奮跺腳。

於是一人一馬就在紅棗和青影哀怨的目光下，歡快地出了馬廄。

「慶伯，我出門了。」

「噯——」胖呼呼的老管家慶伯親自守在大門，眉開眼笑地看著英姿颯爽的冷豔女郎駕馬離去，不忘一個勁兒熱情地擺手相送。

呀，這小女郎家家就是比小郎君貼心喜人……

慶伯笑咪咪地轉頭走回抄手遊廊上，恰巧遇見收拾了盆髒衣裳要去洗晾的馬嬤嬤，忙上前搭話：

「馬大妹子且慢忙和，咱倆聊兩句？」

馬嬤嬤和丈夫老馬是過年前趕到長安隨侍卓娘子的，慶伯知道卓娘子在自家郎君心中的份量，她的「娘家人」來，自然是要好好款待安置的，所以便把他們夫妻倆跟赤鳶，安排住在卓娘子挨著主院的兩座小樓裡。

不過赤鳶幾日前領了任務出京，慶伯還讓庖廚做了些胡餅和肉脯、三勒漿給帶上，可貼心周到了。

慶伯心眼深著呢，他想著把卓娘子的娘家人也招呼好了，卓娘子也能住得格外舒心不是？

最好這一住，就一輩子都別走啦，嘿嘿。

「慶管家有話只管說，」馬嬤嬤停住腳步，笑問。「怎麼啦？」

慶伯輕咳了一聲，神神祕祕地低聲問：「小老兒想打聽打聽，卓娘子……近日可有擇郎婚配的意思？」

馬嬤嬤陡生警覺。「慶管家，我和老馬只是家僕，哪裡敢過問主家這種私密大事？」

「我懂我懂，小老兒也沒有旁的意思，就想打探打探，」慶伯笑容越發慈祥無害，話裡有話。「卓娘子這般才貌雙全，可得找個頂頂好的郎君，才能配得起呢。」

——比如他家裴郎君這款的。

「那是。老主子說過，要想做他的女婿，至少頭一關就得打得贏我家小女郎才行！」馬嬤嬤露齒嘿嘿一笑。

「喔喲……」慶伯聞言倒抽了一口涼氣。

突然覺得自家郎君前途有點……危。

◆

**永寧坊，裴相府邸中**

高大清雅、英俊倜儻的裴行眞卻是清早起身後，便迫不急待地挑選了一襲又一襲的新袍子。

——嗯，這件淡紫以流雲滾邊的長袍看著雖然華美優雅，卻略顯一絲輕挑，不好不好。

——這件玄色衣襬銀繡狻猊紋的袍子果然沉穩持重，可太過老成肅穆，他這是要去踏青賞花，又不是要去升堂問案，不妥不妥。

——那這件橋下春波色的袍子沁著淡淡綠意，行走間盡顯波光瀲灩天朗晴好的風韻，原是最適宜不過的了……

可裴行眞原本就怕在拾娘心中，他太過爾雅風流，不夠「漢子」，如今踏青還穿得這般書生粉嫩，這是想更彰顯出自己的「弱柳扶風」嗎？

不行不行。

裴行眞一臉大大的不滿意，還是三挑四選的，最後終於勉強選出了一襲天水碧色的緙絲長袍。

光透淺青，染就漫江碧色……

雅致中帶一絲灑脫，如立於江邊見天地遼闊，自在颯沓，恣意從心。

銅鏡裡倒映出了一抹高眺頎長、玉樹臨風的男子身影，裴行眞對著鏡中的自己微微一笑，總算滿意了。

他腰環紫玉帶，配上聖人親賜的金魚符，想了想，又尋了枚蓮花紋玉珮繫了，信步來回，端現君子風儀……

拾娘，見了會喜歡吧？

裴行眞笑得眉眼彎彎，嘴角不住上揚。

自從把拾娘拐……咳，不是，是高升借調進京以來，這兩、三個月，他們倆也攜手破獲了些大大小小的案子。

刑部自是面上有光，不只老尚書上起朝來走路有風，就連聖人召他進宮對弈時，也幾次興致勃勃地問起他們辦案始末，這是儼然當成話本子聽了。

也因著差事辦得好，聖人龍心大悅，還特意賞了一對珍貴非常的獬豸玉雕小印給他們二人。

獬豸相傳乃上古神獸，外型似羊似鹿，首正中生有獨角，雙目炯炯有神，喜居水畔，性情忠貞，天生明辨是非、公正不阿……

聖人，這是對他倆寄予厚望呢。

尤其這小印還是「一對」兒……

裴行眞想得入神，自顧自歡喜地輕笑了出聲。

「大人，有客求見。」玄機在房門外恭謹喚道。

他笑容消失，深邃清亮鳳眸閃過一絲隱隱不悅。

是誰？未先行下拜帖，便上門擾了他難得的休沐日……尤其他可是早已同拾娘說好了，今日巳時初相約曲江池的。

儘管心中不喜，然裴行眞出身士族門閥，自幼所受教養禮數風儀都是完美無瑕、無可挑剔，自然也不會在外人面前流露眞實性情和所思所想。

簡言之，裴行眞和其翁翁裴相，就是劉老尚書口中的千年狐狸……要想捉他們裴家祖孫的尾巴或話柄，直比登天還難。

他略一思索，神情已然恢復沉靜雍容。

不過雖未問來客何人，但既能敲開裴相府邸大門，入得了外院，還能由玄機親自將信息遞送到內院和他跟前來的，不是貴客，也是熟人。

只是玄機身在門外，聲音聽著有一抹古怪。

「請客人到九皋軒，上茶。」裴行眞略一思索，神情已然恢復沉靜雍容。「我稍後便來。」

「喏。」玄機微微鬆了口氣，忙領命去了。

裴行眞劍眉隱蹙，緩緩行至門前推開，對守在外頭的玄符吩咐：

「火速快馬去往別院同卓娘子稟一聲，說我臨時有要事耽擱片刻，還請她等我半個時辰……還有，說我稍後必定親自向她請罪。」

「大人，卓娘子一貫磊落爽快，想來不會見怪您的。」玄符大剌剌咧嘴一笑。

裴行眞高高挑眉。

「拾娘心性如何，我難道不比你知曉？」

玄符雖說也是個粗豪性子，但依然瞬間就嗅聞出了大人話裡話外濃濃的酸意，忙縮了縮脖子，執手做禮。

「卑職這就去，馬上去！」

……大人這醋味未免也太大嘍！

裴行眞心下暗暗生焦，可依舊身姿挺拔、步履曼然翩翩，很快便來到了九皋軒。

「道娘，妳怎麼來了？」他微微詫異。

書軒中的女子容貌如玉，膚若凝脂，烏髮梳髻，以蓮花小玉冠束起，身著白色繡銀邊襦衫，翠色羅裙，寬襬拽地……輕靈似有仙氣飄飄，渾身又有說不出的書卷韻味。

她佇立在紫檀高几上一盆花香馥郁、粉嫩重瓣的趙粉牡丹旁，一時間也不知是花嬌艷映襯了人，還是人淡雅壓過了花。

聽到他的聲音，女郎視線從牡丹前抬起，對他親近地嫣然一笑——

「裴家阿兄晨安。」

裴行眞嘴角微揚，目光溫和了下來。「聽姨母說，妳前兒去了龍興觀讀經，幾時回來的？」

「昨日就回了。」

劉喬仙，小名道娘，是刑部劉尙書和平壽縣主的愛女。

裴、劉兩家交好，小輩們也時常往來，裴行眞比道娘年長六歲，自幼便是看著這個小妹子從粉妝玉琢的糰子，出落到如今的亭亭玉立。

不可不謂之：光陰似箭，歲月如梭。

他正有些感慨，又聽道娘笑吟吟開口：

「自從阿兄到刑部任職忙於公務後，花朝節都好幾年沒陪道娘去踏馬賞花了，難得今日休沐，不知阿兄可否賞臉一同出遊？」

大唐繁盛，風氣開放，本就沒有嚴格拘泥的男女大防之說，何況既是世交子弟小輩，也常有邀飮設宴、遊昆明池、曲江池或聽歌賞花之趣。

裴行眞身爲世家子弟之首，少年時就是風華光彩萬千的人物，騎射吟詠俱見風流，每每出門，身後總跟著一大群小蘿蔔頭。

道娘小時候怯生生愛哭，也是他們的小尾巴之一……

思及舊時，裴行眞本能想脫口而出的「不」字，便噎在了喉間。

「這……」他有些心軟，但仍強調。「我本就與友人有約，若領著妳齊去，對她未免有些失禮不公，或者道娘今日先和小姊妹們耍玩，下個月休沐，阿兄再陪妳到西市逛逛，但凡妳相中了什麼，阿兄都送妳。」

道娘容貌素白精緻，僅有巴掌大的瓜子臉浮上了一抹黯淡落寞，可她出身名門貴女，一貫婉秀知禮，也不願令阿兄爲難，便默默點了點頭。

「道娘知道了。」

見她這般懂事，裴行真心中隱隱愧疚更盛，柔聲道：「阿兄順路，先送妳回府罷？」

「多謝阿兄。」道娘眸光微亮，盈盈一笑。

◆

玄符打馬去到別院時，方知拾娘早已出了門。

可惱方才未跟大人相詢，他和卓娘子究竟約在何處，惹得眼下自己連報信都不知往哪報起？

玄符只得又硬著頭皮趕回了裴府，正遇見大人和劉家小娘子兩騎並行，出了永寧坊裴府大門，馬蹄聲清脆踏踏在青石板路上。

馬上的大人身姿筆挺從容，天水碧袍子映襯得他越發面如冠玉，宛若朗朗清風，身旁則伴著騎著棕色牝馬，裙裾翠色飄逸出塵的劉道娘。

……猛一看，倒像極了一對兒似的。

玄符一愣，莫名有些欲言又止。

隨扈在後的玄機對著玄符眨了眨眼，得有幾分幸災樂禍……咳，是意味深長。

裴行眞注意到了玄符，目光閃動，略顯急促地問：「——都說明白了？她可有不快？」

「回大人，屬下去得太遲，沒見著卓娘子。」

「是我自己耽擱了，怪不得你，」裴行眞嘆了口氣，心下忐忑，隨即又精神一振。「……你們二人代我好生護送道娘回府罷，我快馬加鞭，想是還來得及的。」

玄符正想說，讓玄機一人護送也就是了，他還得跟上保護大人……卻被玄機暗悄悄一扯，低聲道：

「你就別跟上去礙事了。」

「礙事？」玄符一頭霧水。

道娘望著裴行眞迫不急待策馬而去，一瞬息消失無蹤的背影……她低下了頭，忽又抬起，對玄符和玄機二人道：

「兩位阿兄不用送了，我家部曲便在前頭不遠候著，他們自會護送我回去。」

玄符和玄機同時搖頭。

「那不成。」

「大人有令，我等自當從命。」

道娘知道自己拗不過他們，神情怏怏然。「可我還不想回府，今日是花朝節，我本想邀約裴家阿兄去曲江池賞景踏青，可他既有要事，那我便改去樂遊原的崇眞觀登山上香也就是了……」

「這——」

道娘溫馴地道：「兩位阿兄，我出門前已稟過阿耶阿娘了，絕不是私自出遊，如若阿兄們不信，我便讓部曲和隨行女婢來爲我作證可好？」

此話一出，玄符和玄機兩人也不好多說甚了，他倆總不能眞讓個長安貴女、尙書府掌上明珠「自證清白」吧？

這是拿她當嫌犯了不是？

「阿兄們再不放心，既然今日休沐無事，便陪我到樂遊原一遊如何？」道娘微微一笑，目光慧黠。「如此，阿兄們也就不違背裴家阿兄的囑託了？」

玄符和玄機雖是裴行眞的護衛部曲，但身分亦非常人，這些年深知裴、劉兩家情誼不淺，他們看道娘，也像是如同鄰家的小女郎小妹子一般，自然無有不肯。

況且樂遊原乃長安城最高處，開闊遼遠，觀景攬勝，登之幾乎可將大半個長安盡收眼底……

想想，他們二人也著實很久沒有打馬暢遊了，趁著今日大人休沐，還命他們護送劉家女郎，便是一同去逛逛也無不可。

「好極。」

「那便走吧！」

再說了，既是樂遊原而不是曲江池，那麼他們便不怕會浩浩蕩蕩一大群的，打攪了大人與卓娘子的「雅興」。

玄機覺得自己眞是個好體貼的屬下呢！

玄符則是對著身旁笑容蕩漾的玄機，不由納悶地多瞅了他好幾眼……這一大早的就喝多了不成？

道娘笑得眉眼彎彎，一時沒了身上那股子道家超脫凡如的清冷，反多了一絲女孩兒家家的稚氣。

◆

曲江池煙波浩渺、水天相連，林深處處……

放眼可見兩岸宮殿綿延，垂柳如雲、花色如影，池中更築有亭台樓閣，凌水而起，美景端是似夢似幻、如詩如畫。

花朝節日，春風新來，百花初放，芙蓉園和曲江池到處是貴族仕女、車馬侍從，笙歌畫船不絕，更有遊人如織，歡聲笑語流瀉。

拾娘牽著照雪，百無聊賴地站在入曲江池的坊門口下，一手把玩著指掌間的柳葉刀玩。

曲江池雖美，但一看就是給貴女和公子及騷人墨客們遊玩的地方，若當眞要能恣意策馬奔騰，倒不如出了長安城外近郊的昆明池還更痛快些。

可裴侍郎是頂頭上官，他既然約的是曲江池，那定然有他的道理，雖說她著實不明白今日此行目的爲甚，但難得的休沐日，赤鳶阿姊又不在，閒著也是閒著，所以她便答應了下來。

只是拾娘看著四周一個個打扮得如花似玉的女郎們，興奮地或騎馬或牽手持扇爭相進入曲江池，還不忘挑花了眼地嬉笑議論著——

呀，那頭的美郎君好生俊俏！快看，他另一頭的那名偉郎君猿背蜂腰，實乃眞男兒……

她心下越發不自在地牽著照雪往旁邊讓了讓。

女郎們鶯聲燕語，嬌眉朱唇，端是眼波流轉，輕笑竊喜，若不是正在等待著心上郎君前來同遊，就是想趁此良辰美景，給自己選上個看對眼的如意郎君。

身著胡服豪邁利索的拾娘，突然覺得自己站在這兒好不突兀，就像一園子花團錦簇裡，平白無故地杵了根棒槌似的。

原來這些小女娘賞花踏青是一回事，更重要的是來相親的呀？

那裴大人今日特地同她約在這兒相見，會不會也……

饒是拾娘對男女情事再駑鈍疏闊，此時心中也不免生出了一分異樣和赧然，一忽兒抬頭看看周遭眉開眼笑、一對對兒的紅男綠女，一忽兒低頭不安地踢了踢地上的小石子。

她覺得自己胸口好似沒來由塞了隻野兔子，不安分地上下蹦噠著，有種什麼彷彿就要呼之欲出，但……怎麼可能呢？

拾娘冷豔的臉上浮現了一抹茫然。

也莫怪她很難朝風月情意那頭想去，因爲自從她被裴大人提調進了長安後，他們兩人不是正在破案，就是馬不停蹄地奔馳在破案的路上。

她通常不是面無表情在剖屍，就是面無表情在揍人，而裴行眞則是笑吟吟地推案，笑吟吟地坑人……

比如十數日前，太常寺少卿家的小兒子偷盜皇家祭祀用的玉器，以次充好，混水摸魚，也是在裴侍郎的火眼金睛和談笑間誘導之下，不小心說漏了口風，糊里糊塗自首認了罪。

最後，不只他落得下大獄的後果，連帶其阿耶也跟著官降了好幾級，從正四品的少卿之位，淪爲從六品的屬官丞。

刑部官吏們爲此常偷偷交頭接耳議論——

案無大小，鉅細靡遺，只要被裴侍郎盯上，還眞就沒有破不了的道理，大家夥兒平日還是拘管好家裡人安生點，否則犯到裴大人手裡，想哭都沒處去！

也是這兩、三個月的近身接觸，拾娘越發深刻體悟到，爲何年紀輕輕的裴家六郎，會被聖人特意拔擢至刑部四品左侍郎的高位上。

他身後的龐然大物裴氏家族自是他的倚仗，然而眞正的底氣，卻是來自於他自己的博學高才和多智近妖。

阿耶說過，文官身上都長滿了至少八百個心眼兒，他們武將只是拳頭大，可認眞計較起來，還不一定贏得過文官那張嘴皮子和筆刀子。

拾娘陷入沉思，摩娑著下巴。

腦子靈光狡詐的人做什麼都是有原因的，尤其裴侍郎這樣的，經常是做一件事就是爲了達到三個以上的目的。

所以裴侍郎昨兒一臉諱莫如深地約她今日曲江池相見，才令她著實想不明白其中深意。

就在此時，忽有個帶起了一陣香風的嬌弱身子朝自己方向撞來——

拾娘反應敏捷地一閃身，單手猛地牢牢攢住了對方的手腕，定神一看，這才發現是個面色發白、瑟瑟發抖的美人。

「妳——」她瞇起眼。

「救救我，求求妳，幫我……」美人驚惶地頻頻望向後頭，哆嗦著本能躲在她身後。

拾娘顧不得追問，已然聽見了前頭一群男子暴躁的呼喝聲——

「讓開！」

「滾，別擋了老子辦事！」

「人呢？怎麼一個錯眼，人就不見了？」

「好不容易找到人，要是今兒又叫她給逃了，回去仔細大家夥兒的腦袋！」

拾娘可以感覺到，隨著前頭的擾攘吵鬧聲越近，她身後的女子顫抖得越發厲害。

她心下微沉。

雖然眼下還不清楚是什麼狀況，但一群大男人凶神惡煞地推擠著無辜的人群，一副殺氣騰騰要找人麻煩的模樣，眼見就不是什麼好貨。

拾娘雖非心細如髮，也不是莽撞之人。

她略一沉吟，打消了讓身後女子騎上照雪先走的念頭，而是趁前頭那批人還被慌亂雜沓的人們攔住視線的當兒，陡然氣沉丹田，展臂運勁兒拎起女子往馬背上一扔，自己也翻身上馬，一提韁繩，雙腿一夾馬腹——

「駕！」

人群被這突然變故惹得驚叫連連，但拾娘馳騁縱橫沙場多年，馬術功夫一流，輕鬆御著胯下雪白大宛馬如騰雲駕霧一般，高高地躍過了眾人頭頂，照雪矯健四蹄落入空地後，隨即嘶鳴著痛快狂馳而去，瞬間沒了蹤影。

「剛剛那人究竟是誰？」

「好大的膽子，光天化日之下，居然敢搶主子的人？」

「說不定去年就是此人闖入——」

「噓！」帶頭的中年青衣男子狠狠怒視，壓低聲音警告道：「閉上你的嘴，忘了主子下令，不許此事外傳的嗎？」

那名因爲義憤塡膺而險些說溜嘴的家丁一凜，忙閉口垂首不敢再言。

「那眼下……」另一名家丁躊躇。「難道要放過她們？」

中年青衣男子盯著那消失的方向，神色隱晦。

「……眼下長安城中，能養得了這樣渾身雪白價值千金的大宛馬的，若非高門，便是巨賈，我們且回府後暗中打聽，待有確切消息，再向主人稟報。」

「管家說得是。」

中年青衣男子負著手，面露深沉。「主人位高權重，平日公務繁多，那事說小不小，說大也不大，雖然自去歲起就成了主人心中梗著的一根刺，但我們既想爲主人分憂，自該把事情打聽謀算得妥妥當當，這才好向主人請功。」

「喏。」

# 第二章

拾娘帶著嚇得花容失色的美人策馬狂奔，直到疾馳遠了，越過了青龍坊，來到修政坊的南曲巷子裡，才放了她下來。

「妳還好嗎？」

定睛一看，美人肌膚豐澤，眉眼深邃如畫，著一身石榴紅蝶繡襦裙，玉頸戴著寶石金項圈，項圈正中央鑲著個瓔珞小圓鏡。

她梳著高髻的烏髮間攢著一大朵鮮亮華美的紫芍藥，小巧耳垂綴著兩只渾圓瑩潤的明珠耳墜子，隨著美人嬌喘時，楚楚可憐地一晃一搖，越見風情萬種。

美人蹙著娥眉，淚光瀅瀅，拾娘即便也是個女兒身，瞧見她這模樣，也忍不住一陣心軟，下意識放輕了聲音再問：

「沒事吧？」

「沒、沒事，」美人感激地望著她，怯生生地行了個萬福禮。「多謝恩人救我……但不知恩人芳名，家住何處，奴回去後，定然請家人送上貴禮，答謝今日之恩。」

「不必客氣，只是舉手之勞。」她不在意地擺了擺手。「前頭薛曲那兒就有車行，妳叫輛騾車或馬車送妳回家，若無車資，我幫妳墊付——」

美人淚汪汪地看著她。「我與家人在曲江池走散了，這才遇到了那些歹人……萬一那些人……那些人賊心不死，我有些怕半途上又撞見了，該如何是好？恩人身手不凡，是難得一見的女中豪傑，不知能不能……能不能……」

拾娘聽出了她羞愧不敢直說的央求護送之意，若換做平時，她素來豪邁爽快、樂於助人，再送上她一程也不是問題。

可拾娘聽美人說出這一番含混不清的話，再對照方才那群人呼喊中的隻字片語……

他們言談間，這美人有些像是逃奴，所以那群人這是要把人捉回去交差的。

女子相護女子本屬天經地義，方才拾娘匆忙間出手幫扶了一把，一是出自義氣，二也是出於本能。

但按唐律，若對方眞是逃奴，她這般不分青紅皀白地再三襄助，確是違反了圭臬法度。

若她自己一個倒也不怕，可她是被裴大人借調進長安的，她不希望因爲自己行事不妥，牽連了裴大人。

拾娘猶豫不已，心中那把尺在快意恩仇與法典律則中來回衡量，最後還是嘆了一口氣。

「我不問妳出處和方才糾葛如何，但我也不能再明知不可爲而爲之，這裡是南曲，住的都是些尋常官吏人家，治安極好，沒那些個糟七烏八的，妳不必擔心。」

「恩人……」

她瀟灑一笑。「我也算不上是什麼恩人，不過多伸一伸手罷了……我走了！」

拾娘話畢隨即翻身上馬，無視美人欲言又止的神情，轉眼間颯爽飛揚地策馬離去。

美人小手下意識地貼在胸前赤金瓔珞小圓鏡上，那微微堅硬冰涼的觸感陷入掌心邊緣，令她面露怔忡恍惚之色，隱隱有驚疑。

「會……是她嗎？」

✦

拾娘總覺今日出門沒看黃曆，有些兒倒霉。

她自來重信，言出必行，既答應了裴侍郎之約，即便遲了也得急匆匆趕回去。

可她駕馬剛剛來到青龍坊，遠遠地就看見了坊門下，有個眼熟的高大頎長身影正蹲下來在檢查什麼。

旁邊圍了圈一臉驚悸忐忑又七嘴八舌議論看熱鬧的老百姓……

她心下一震，迅速自馬背上足尖一點，藉勢如離弦飛矢般疾射而至。

「大人？」

裴行眞抬頭見是她，清眸倏然亮了起來——

「拾娘，妳來得正好。」

她斂眉頷首，穿過好奇的人群，來到了他身邊，目光一同落在仰倒在地的那具無頭屍上。

拾娘瞳孔隱隱一縮。

鬧市大街，又是鄰近香火鼎盛的普耀寺，怎會平白無故出現一具無頭屍？這是有人拋屍？可拋屍之人也未免太過膽大包天，就不怕被撞破麼？

「我也剛到，」裴行眞面色肅然，眼神卻難掩溫柔，低聲解說道：「街坊百姓們說，適才有一輛馬車疾駛而過，這具無頭屍便是從馬車上拋下來的，可惜一切來得太快，等眾人反應過來時，馬車已不知去向。」

拾娘專心聽著，一邊熟練地對照雪打了個呼哨。

照雪聰慧地小跺步來到了近前，親熱地先蹭了蹭裴行眞，而後乖乖讓拾娘取下掛在牠馬側囊袋上的物事。

裴行眞盯著拾娘展開的那卷羊皮所製的驗屍器械，不禁嘴角微微抽了抽——

「拾娘，今日休沐，妳我相約曲江池，妳……還不忘帶著它？」

她眼含疑惑。「不能帶嗎？」

「……」他一時無言以對，隨後笑嘆道：「不，自然是能帶的，我只是讚拾娘高瞻遠矚，深謀遠慮。」

拾娘難得地露出了一抹害臊之色，撓撓頭。「好說好說。」

裴行眞看著她清艷冷靜的面容透著靦腆羞意，不由心下酥軟如春水潺潺，眼神越發柔和了，輕聲道：「幸虧有妳。」

「……咳，這是屬下該做的。」她不自然地動了動身子，忙鎮定下來，專心地先做手頭上的功夫。

此處是坊市大街，人多口雜，只能初勘，要等武侯和衙役得信前來，將之運回刑部後，方能仔細驗屍。

儘管這裡並非殺人第一現場，卻是拋屍之地，她還是要搶先在這時找出可能會隨著時間流逝而消失無蹤的各種線索。

這具無頭屍身長近六尺，身形清瘦，右手食指、中指腹間有長期持筆磨出的繭子，身著褐色圓領窄袖袍衫，前襟翻領自然鬆開落下，奇的是卻打著赤腳。

裴行眞問過了一圈，曾目擊拋屍的百姓可還記得那馬車的型款顏色，所駕之馬有什麼特徵，有沒有看到車夫面孔等等。

圍觀百姓們七嘴八舌，有人說馬夫戴了頂大大的笠帽，有人說是那是架灰撲撲不起眼的單騎雙輪馬車……有的說馬車上有車廂，有的說那不是車廂，就是上頭搭了個布棚子……

「大人，」拾娘低聲對他稟道：「死者腳背有砂礫塵土，傷痕累累，卻無出血，腳底相較之下乾淨，可見其死後才被人褪去鞋襪，遭人將之面朝下方，拖行於地……」

他聽得專注，贊同地點頭道：「我觀他正面下方袍腳叫塵土污了一片，想來也是如此——那麼再依妳研判，此人是生前被割去首級，抑或死後遭斬首？」

她舒了口氣，嚴謹道：「一般刃物斬落，若項下皮肉卷凸，兩肩井聳，則是生前所斬；而皮肉不卷凸，兩肩井不聳，便是死後斬落……這名死者，是遭人生前斬去頭顱，他身上沒有血跡，極有可能是死後才被人換上衣衫，拖行移屍。」

他神色微凜。「兇手好生凶殘。」

「而且手要穩，刀還快，皮肉頸骨一氣呵成斬落，沒有半分偏移，看斬口痕跡，當是橫刀。」她蹙眉。「能有這般俐落狠辣手法，若非江湖高手或豪貴精養的私兵部曲，便是見慣殺戮的軍旅之人——」

「還有一種可能。」他眸光深沉。

她挑眉詢問。「什麼？」

「行刑的劊子手。」

橫刀乃大唐士兵尋常佩刀，上至皇宮戍守兵士，到守城站崗士兵，巡邏武侯，甚至是衙役捕快……皆配此刀。

就連執行斬刑，亦是多用橫刀，取其刀身筆直，中正不阿，自有剛毅浩然之氣。

所以若要靠找到殺人的凶器來追查兇手，甚難。光是長安城就不下十萬柄，便是有法子全部都蒐羅了來，一一比對要到猴年馬月去？

況且坊間橫刀、箭矢也可買賣，《唐律疏議》中《雜律》載明：「……不牢謂之行，不眞謂之濫，即造橫刀及健鏘用柔鐵者，亦爲濫。」

若有行濫、短狹而賣者，是要罰懲杖六十的。

因此他們兩人都沒有把希望放在大海撈針上，而是在刑部衙役前來抬屍時，命人仔細運送。裴行眞吩咐了武侯頭子沿途追查坊市大街，找尋有無任何看見馬車去向或藏處的武侯或百姓。

長安東西市一百零八坊，百千家方正縱橫似棋局，坊門和坊門之間皆有武侯巡邏，雖然曲江池這頭因著花朝節遊人絡繹不絕，棄屍的馬車想混水摸魚也不算難，可裴行眞從不放過任何一絲可能的線索。

有時破案的契機，往往就在這樣一個不起眼的關鍵。

「車轍印不甚清楚，」拾娘起身，指尖捻著一小簇微微泛紅透酸香的黏膩物事，遞與他跟前。「但是，大人你聞。」

「似有酒味，」他目光一閃。「是釀酒用的紅曲？」

拾娘點頭，「馬車應當是駛過釀酒坊，沾上紅曲，但不多……」

裴行眞沉吟，很快對刑部衙役低聲叮囑了句什麼，隨即牽起她的手。「跟我來！」

她渾身一僵，對這突如其來的陌生親暱碰觸，險些直覺動作就給他一個角牴摔，但感覺到他大掌溫暖緊握著自己，一時間又莫名心中怦怦……

來不及反應時，人就教他拉走了。

一路上，拾娘腦中各種念頭不斷徘徊著——是甩開手好呢？還是踹開他快些呢？要不，還是配合點，看裴大人究竟想帶她去哪兒？

可她全然沒有注意到，自己面無表情的冷豔面容正緋紅如榴花，隱隱發燙……

裴行眞高大修長身姿在前，牽著拾娘的手時，其實也擔心過她隨時會翻臉胖揍他一頓，但他還是止不住眉目舒展、頻頻嘴角上揚……

縱然挨打，也是値得。

他們來到了本坊的武侯舖，要求坊正把這一坊四面八方所有官營和私人釀酒坊的位置都點出來。

在坊正戰戰兢兢地去拿卷宗的當兒，拾娘挑眉問：

「大人如何確定馬車來處就在這一坊內？」

「車轍印留下的紅曲未乾。」他低首溫言解釋道：「長安每日五更三籌後，擂了開門鼓四百槌，方能開各坊市門，若棄屍的馬車在宵禁前是在其他坊市，待坊門一開才駛入——」

她靈光一閃。「沒錯，證據對不上，因爲現在已近巳時末，從寅時中坊市擂過開門鼓至今快四個時辰了，今天又是春暖日頭高照，紅曲不可能還溼著，且酒糟味未散。」

「拾娘好生聰慧。」他燦然一笑。

她有些訕訕然。「不，是大人厲害，我不過是被大人點醒罷了。」

「我倆這叫心有靈犀。」

拾娘沒來由又想起了方才他殘留在自己掌心間的暖意，他指掌肌膚隱約有繭，雖不及她練武持刀多年的厚重，可在交撫觸及之中，竟令她有種異樣的……

她猛地收束心神，不敢再多想了，連忙專心盯住前頭坊正抱著厚厚卷宗而來的動作，刻意不再抬頭和裴行眞目光相視。

——咳，辦案呢！

裴行眞向來觀察敏銳，豈會看不出拾娘淡淡羞赧之色，他心下一蕩，胸臆間霎時湧現了滿滿說不出的蜜般歡喜來。

「大人，都在這兒了。」坊正恭恭敬敬地把手實卷宗全數奉上。

裴行眞深吸了一口氣，這才凝神歛息，對坊正微笑道：「有勞。」

「大人客氣，此乃小人職責所在。」坊正誠惶誠恐。

武侯傳來消息，說在自己坊裡治下發生了這麼一樁驚世駭俗的無頭屍案，坊正嚇得臉色都白了，更怕上官要拿他連坐治罪。

所以，此刻別說侍郎大人只是要看丁口手實和戶等籍書，便是要他親自跑斷腿，一戶戶一家家再去敲門核對，他都千百個願意哪！

「坊正可記得，你坊中有多少家釀酒坊，分別在何處？」他取出了最上頭的一卷手實，修長指尖翻開。

坊正想了想，趕緊從裡頭查找出來關於酒行的錄載，遞送上去。「回大人，本坊有酒行十二家，釀酒坊三處，大人請看。」

裴行眞目光深邃，將這兩卷錄載手實交予拾娘，低聲道：「我們先查這幾處，其餘的都讓玄機和玄符帶回刑部——」

他陡然一滯……才想起兩名貼身護衛不久前，被自己打發去護送道娘了。

「他倆今日也是休沐罷？」拾娘見裴行眞一滯，立刻拍胸口道：「不要緊，這些我來搬，小意思。」

他一怔，聞言笑嘆。「何至於如此？君子自當精通六藝，六郎騎射劍術雖不及拾娘，卻也並非手無縛雞之力的文弱書生，又怎會把這些粗活留著妳來？」

拾娘脫口而出：「你動腦子，我使拳頭，不是一貫這樣嗎？」

他有些嗆住。「咳咳咳……」

拾娘也不管那許多，唰唰唰就把那些個小山似的手實籍書捆成一堆，而後單手輕輕鬆鬆拎起，無視目瞪口呆的坊正和伸手欲攔的裴行眞，爽快地轉身邁開大步。

「大人，走吧！」

坊正傻傻地望向玉樹臨風、風雅清貴的侍郎大人，再看了看前頭那力大如牛、美豔颯爽的胡服女郎……

「我家卓參軍就是這般英氣逼人、不讓鬚眉，對否？」偏生裴侍郎大人還雙眸發亮、滿面笑意，得意洋洋地問。

半點兒都沒有被個女子壓過去的不悅，反倒一副與有榮焉之至。坊正吞了吞口水，只得乾巴巴陪笑。

「大人說是，那自然就是了。」

——嘿，這世道眞變嘍！

◆

## 崔氏別院

雖稱作別院，放眼所見卻是亭台樓閣、軒榭廊舫，無不華麗精心，更有遍植奇花異木，惹得處處蜂飛蝶舞逐香來……

此處乃歸於尚書左丞崔倧名下，崔左丞出身不凡，爲五姓七家中的博陵崔氏其中一房，除了自身學識淵博之外，更是一品李大將軍的好友，文武眾臣之間，頗爲相得。

崔倧膝下有兒女六人，但最看重的還是俊美偉岸、溫厚靦腆的嫡長子崔昭。崔昭爲御前千牛衛裡的千牛備身，此職多遴選年少貌美的名門貴族子弟擔任，不說旁的，光是能日日在聖人面前露一露臉，便已是足可光耀門楣的家族榮耀。

況且他有其父崔左丞打點，李大將軍做靠山，將來前程青雲直上，指日可待。於是崔倧便早早將別院和若干部曲奴僕、鋪子田莊給了崔昭，讓他時常與朝中各世家勳貴子弟多多交際，便是想培養這個尊貴的嫡長子，早日成爲崔氏合格且強大的繼承人。

就連大唐高門貴冑間，最爲廣泛流行攀比蓄養的崑崙奴、新羅婢、菩薩蠻，崔倧都捨得撥了一批到別院，命他們負責伺候好少主人。

然而崔昭雖出身世家，卻並無長安貴公子的驕奢傲氣，相反的，他自幼對部曲奴僕們一貫和顏悅色，從不打罵苛刻辱沒，故此深受部曲奴僕敬重愛戴。

這也是去歲時，崔府中向來低調不起眼的崑崙奴磨勒，會在見到他相思成疾時，願挺身而出，爲他「救出」一品李大將軍府邸中的美姬——紅綃——的原因之一。

而此時此刻，黝黑精瘦、著樸素奴僕褐色袍服的磨勒，依然靜靜躬身侍立在崔昭身後。

難以想見就是這樣一個不起眼的崑崙奴，竟能在去歲時，手持椎練無聲無息擊殺李府孟海猛犬，並於月圓之日背負他和紅綃二人，飛出重重高牆、守衛森嚴一品大將軍府，形若鬼魅、迅如鷹隼……

經此一事後，崔昭對磨勒自然是大大感激，但內心深處還是隱隱生出了一絲……自己也不願承認的忌憚。

「磨勒，」英俊敦厚的崔昭忽然遲疑地開口：「你會不會覺得……在府中是屈就了？」

磨勒微詫，低首躬背道：「少主人，磨勒受主人恩德，且本就是奴……」

「你就沒想過，不只做這小小的崑崙奴？」崔昭盯著他。

摩勒心中一警，倏然單膝跪下，執手爲禮，黑白分明的眼眸裡透著忐忑。

「若是磨勒做錯了什麼，還請少主人降示責罰！」

崔昭目光輕垂，緩緩端起了金甌放到嘴邊啜飲了一口，半晌不語。嘴上不說，可他很是滿足於身手出神入化的磨勒，在自己面前卑躬屈膝、惴惴不安的模樣。

……也罷，縱使功夫再好又如何？跪在面前的磨勒，出身低賤，是一輩子終將在府中仰人鼻息的奴，而他又與個崑崙奴有甚好計較的？

自己即便拳腳武藝遠遠遜之，可他們身分之間的天塹，就注定了一個是翱翔天際、扶搖直上的大鵬鳥，一個只是在地界上供人踩踏、任意驅使的牛馬。

崔昭貴族少年的虛榮心剎那間得到了平撫與滿足，他微微一笑，又溫厚和藹地親自扶起了跪著的磨勒。

「這是做什麼？快起來，快起來，我不過是隨口這麼一問，哪裡值得你這般驚畏？我和紅綃當初若不是有你相助，又豈能有今日的圓滿？」

磨勒起身，低著頭道：「這都是奴該做的。」

崔昭卻沒有反應，因爲前方那個款款而來的明豔嫵媚女子已經一下子勾住了他的視線，俊臉又復露出癡迷之色。

他的紅綃……

濃眉高鼻櫻唇，花容月貌傾城，一身肌膚賽雪，伏於其上如臥雲朵，枕榻間婉轉鶯啼，楚楚可憐的韻致總能叫男人發狂！

崔昭剎那間就忘了敲打磨勒，一個快步上前，迫不及待摟住了紅綃不盈一握的纖腰，大手攢著她柔軟的小手，柔聲道：

「妳幾時起了？昨晚不是還喊著頭疼嗎？府醫開的方子，我讓他們按時煎了，必定要服侍妳好好喝下……」

紅綃美眸流轉，羞澀嬌嗔道：「崔郎說這做甚，奴哪兒有那般嬌慣？昨兒不過是遊曲江池的時候稍微吹著了點風，睡一覺也就好多了，那苦藥湯子我可不愛吃。」

崔昭平時在外頭也是個穩重的謙謙少年君子，可在風情萬種的心愛美人面前，他向來引以爲傲的端方持重都得寸寸潰散。

然而提起昨日，崔昭面上不由掠過了一抹驚怒和餘悸猶存。

「昨日眞眞是太險，哼！那些陪行的奴僕，我都命人拖下去重重杖責了！」他緊緊握著紅綃微涼的小手，又氣惱又心疼。「一群人都是怎麼伺候的？竟然讓妳走散，還險些被——幸好紅綃妳機警，否則就叫李大將軍發現了。」

紅綃眼圈兒驀地一紅，貝齒輕咬紅唇。「都是奴不好，奴連累了崔郎……如果當眞事發，崔郎千萬別顧及我，只管把紅綃交出去便是。」

「紅綃，我怎會——」他一震。

她伸出玉蔥般的小手摀住了他的嘴，淚珠盈眶。

「……能逃離那苦楚不堪的樊籠，能得崔郎憐惜珍寵，奴這一日日都像是活在美夢裡一般，倘若上天當眞要我再重回那不得見人的苦牢，我也沒有什麼再敢生怨的了。」

紅綃這委委屈屈又強作堅強的模樣，聽得崔昭整顆心好似都要被揉碎。

一瞬間，少年的血性意氣大起，他猛地將紅綃緊擁入懷裡，喑啞立誓道：

「妳放心！我定然能護得住妳，李世伯雖然權勢滔天，但我崔家也不是排不上名號的人物，況且即便看在我阿耶的面子上，想來李世伯也不會太爲難我們的。」

紅綃柔順地依偎在他胸膛前，「如此，奴就放心了。」

崔昭撫摸著她烏黑的髮，極爲享受著美人全心全意的依戀與崇拜之情……只是在熱血衝動過後，他心下又難免有一絲絲底氣不足。

李世伯那是何等的權柄在握，在聖人面前也是極有臉面的，且手握重兵，於朝中的話事權更是遠勝尚書左丞的阿耶……

紅綃與他私奔一事，他始終死死瞞著阿耶，嚴令別院上下誰都不許透露半點風聲給阿耶知曉，就是怕屆時阿耶肯定會大發雷霆。

阿耶，是絕不會爲了一個小小的紅綃與李世伯交惡，更有甚者，若阿耶知道了事件始末，說不定還會將他和紅綃捆到李世伯面前，任其發落。

崔昭畢竟還只是個年方十八的少年郎，再是英姿煥發官途亨通，在眞正的朝中權臣貴胄面前，也是蚍蜉撼樹……

在他二人卿卿我我之際，磨勒已然默默地退守到十步外，隱沒在晦暗的樹蔭之下，黝黑修長的矯健身影彷彿與陰影融合爲一。

而那雙深邃滄桑的眸子，始終低低地望著地面。

也就沒有察覺，紅綃那盈盈秋水的眸光，不知何時已越過崔昭，凝望而來，眸底似有一縷看不清的隱忍和惆悵。

◆

玄機和玄符收到了大人傳來的急訊後，再顧不得陪玩，便忙分頭按大人的命令，玄符要帶人去追查棄屍馬車的下落，重點落在檢查該坊所有馬車的輪子上，是否印有紅曲痕跡。

玄機則是要火速進宮向聖人求了暫時封青龍坊之令，務必搶在時辰內將棄屍馬車牢牢圈死在青龍坊中，方便搜查，否則坊門不閉，等馬車出了青龍坊，或乘機毀去……要找就更難了。

然而，除非是震動天下或危及朝堂皇室的大案，否則絕沒有同時封長安一百零八坊的可能。

大人稍早也已以刑部之名發出飭令，命青龍坊周圍的「晉昌坊」、「修政坊」、「敦化坊」、「通善坊」、「通濟坊」及「曲池坊」六坊，坊門武侯嚴守坊門，一一排查。

但凡有可疑車駕或可疑之人，都先行扣住，速稟刑部。

道娘見他們有公務要辦，也不敢耽擱，爽利明快地輕聲道：

「兩位阿兄只管忙去，道娘上完香，自會在部曲奴僕護送下平安回府。」

「好。」他們相視一眼，二人雙馬便如箭矢流星般分射一北一南，疾馳而去。

道娘怔怔地看著他倆氣宇軒昂、威風凜凜地遠去了，喃喃道：「我真羨慕他們。」

「娘子？」一旁的女婢疑惑。

她嘆了一口氣，「阿綣，若我能生作男兒便好了，也可建功立業，一展胸懷抱負，不必日日拘管在閨閣之中，做這樣一個只坐享錦繡、呑金噏玉的無用之人。」

女婢阿綣勸道：「娘子何必這般看輕自己呢？依奴看來，娘子飽讀經綸、知書達禮，是長安高門人人皆知的才女，又豈是那些個需要靠自己摸爬滾打，才能爭一口出息的尋常人可比？」

她黯然神傷。「讀了這麼多的書又如何？派不上用場，只是糟蹋。」

「怎會糟蹋呢？」阿綣眉飛色舞地鼓勵道：「不知有多少世家公子想跟娘子您談詩論賦呢，還有，您還不知道有多少高門貴冑人家的媒婆都快踏平了咱們尚書府的門檻，只是都教大人和縣主婉拒了，還不就是要等著裴大人——」

提及裴家阿兄，道娘素來清雅從容的面容也瞬間飛紅了。「休要胡說，裴家阿兄向來勤於案牘公事，怕也還兼顧不到終身大事，況且……況且我也還小呢！」

道娘心下怦怦兒跳，卻止不住地面頰發燙，輕斥完女婢後，便忙顧左右而言他地命人備車，趁著天色還早，他們一行人也得趕緊離了崇眞觀下山了。

只萬萬沒想到，他們一行車馬卻恰恰巧在永崇坊的大街上，撞見了正要趕回刑部的裴行眞和卓拾娘。

從半掀開的車簾子往外瞧見了那熟悉的高䠷頎長身影，道娘眸子亮了起來，情不自禁忘形地高喚了一聲——

「裴家阿兄！」

和拾娘並轡而馳的裴行眞聞聲抬頭，笑了一笑，自然而然驅馬來到她車駕邊。

道娘掀開了車簾，雪白柔美的臉蛋盡露，也對著他嫣然一笑。「我去崇眞觀上香，玄機玄符兩位阿兄先忙去了，我正準備回家呢！」

「道娘，妳怎在這兒？」

「好，那妳自己路上當心，回到府中後，記得差人同我說一聲。」他微笑。

不遠處的拾娘等待著，只見高大俊美的裴大人和車內那個雲鬢花顏、淡雅脫俗的女郎相談甚歡，顯是極爲熟稔。

且裴大人還伸手憐愛地摸了摸女郎的頭，柔聲囑咐……

拾娘是習武之人，耳聰目明，儘管沒有偷聽之意，但他話語裡字字句句的殷殷叮嚀之意，還是悉數盡入耳中。

她手握著轠繩，冷豔面容依然如故地平靜淡定，可不知爲何，見此情景又觀其言行，心口竟有種莫名的悶窒酸澀感。

總覺得這一幕……看著不舒服。

可明明一個劍眉星眸、風度翩翩，一個清麗婉揚、飄逸出塵，合在一處怎麼看都怎麼養眼才是。

拾娘猛地別過了頭去，視線遠遠落在旁處，不願再看。

她不知道自己這是怎麼了，爲何突然變得這般彆彆扭扭跟個娘們似的……嘖，不對，她本就是個娘們。

「大人您忙，屬下就先行一步了，刑部會合！」她恢復精神抖擻，昂然一聲交代，轠繩一抖，照雪歡快嘶鳴揚蹄，一人一騎轉眼間風馳電掣消失無蹤。

「拾娘——」裴行眞愕然回頭，伸出的大手在半空中……來不及阻止。

道娘看著方才那個猶如狂龍捲雲般颯沓而去的影子。「……阿兄，那是誰？」

他適才輕鬆溫和的笑容已然不見，微蹙眉頭，若有所失，頓了一頓方回道：「她是卓參軍。」

「原來她就是阿耶口中那個百裡挑一、天下難得的勘驗奇才——蒲州參軍，卓拾娘。」道娘目光有些怔忪。

「是，就是她。」提起拾娘，他眼神都柔軟了。

道娘見狀心下一酸，小心翼翼問：「阿兄，你……」

「嗯？」

「沒、沒事。」道娘慌亂地低下頭，咬了咬唇，忽地又鼓起勇氣道：「阿兄，我聽玄機玄符兩位阿兄說，長安又發生命案了，我——我能跟你去看看嗎？也許我能幫上什麼忙？」

他正色道：「道娘，刑部辦案，外人不可插手，既有違律法，我也不可能讓妳一個小女郎家家的接近這樣的事，妳會嚇著的。」

「我不怕，」道娘急道：「那位卓家阿姊也是女子，她能做到的，我如何不能？」

「道娘，妳有妳的長才優勢，琴棋書畫樣樣精通，但拾娘軍旅行伍出身，又是從戰場上屍山血海裡廝殺出來的，後又在蒲州任司法參軍，數年來破案無數，」裴行眞嚴肅地看著她。「道娘，妳和她是不一樣的，又如何做比得？」

道娘眼眶有些泛紅，強抑下落寞。

「妳乖，」他也不願見這小妹子難過，只得放柔了嗓音安撫道：「等忙過這一陣，阿兄帶妳去西市找胡商挑選些上好的香料，妳不是喜歡調香嗎？阿兄那兒有好些香方都給妳，夠妳玩上一陣子了。」

她抬頭欲言又止，最後只得怏怏然地點了點頭。

「長安今日不大安生，」裴行眞目光嚴峻地看著車駕旁侍立的部曲和女婢，「你們好好把娘子安然送回府，路上莫再耽擱了。」

「喏！」眾人神色一凜，恭聲齊應。

# 第三章

## 刑部　驗屍房中

拾娘搶先回到了刑部，開始準備驗屍。

她知道其他追查線索的部分，裴大人必定已然周全嚴密、滴水不漏地布置了下去，所以自己的職責就是該好好放在相驗無頭屍上。

在此之前，她依然先仔仔細細地搜查著無名屍身上衣衫袍褲各處……一無所獲後，便決定開始除衣驗屍。

無頭屍束著的是尋常可見，以結實的革帶爲內，布帛做成的大帶包覆在外的男子腰帶，單帶釦和鉈尾皆爲銅製。

她解下無頭屍的腰帶，伸指一寸一寸摸索檢查可有內藏物——

這是從戰場上帶下來的老習慣了。

當年陰山之戰前夕，她就領著一支斥侯，守住了狹窄的山隘口，還抓住了好幾名打扮成村人的東突厥細作，從頭髮根兒檢查到腳底板，最終在許多誰都想不到的地方搜出了各種機密情報。

所以，她從來不會小看任何一個人想藏東西的心智本領。

指尖摩娑無果，她只得放下了腰帶，卻在黃銅所製鉈尾隨勢一垂墜的當兒，心中一動。

這黃銅鉈尾，看著好似有哪邊不對？

拾娘掏出了一柄細薄尖硬、泛著冷光的柳葉刀，慢慢撬開了邊緣有些不平的黃銅鉈尾。

這麼一橇，她陡然睜大了眼！

……裡頭竟死死嵌入了一枚赤紅珠子。

拾娘想將赤紅珠整顆挖出來，又不敢輕易動手，只得小心翼翼先將整條腰帶收妥，準備稍後請裴大人一同驗看，找出其中奧祕。

隨後，她含著除穢丸，繫上面巾，照例燃起了蒼朮、皀角於屍前，鄭重地合掌對無名屍默稟了一聲，而後便仔細地開驗。

只是，在經過長長一番煞費工夫的檢查後，除卻在初勘時就看見的腳背擦刮傷外，屍首通身上下卻再沒有發現其他傷痕……不，屍首右手指腹肉裡倒是有幾根細微的木刺。

她小心地夾取出了其中一節細短如針尖大小的木刺，眼露疑惑。

這是生前或死後不小心在哪裡刮著的嗎？

不過，無頭屍死因當可判定爲那當頸俐落的一刀斬首，但死者怎會身上連綑綁束縛的痕跡也無？

拾娘也猜想過，或者死者是吸入或吃下了什麼迷藥。

但在她精心剖開了屍身頸項肺腑和胃部後，卻發現不曾有因藥物而造成的異常腫脹或潰紅、瘀黑。

胃袋裡更是空空如也，僅有腥酸的黏液……

據此研判，死者遇害前至少已經有兩日夜都不曾沾過半點水米了。

她面色凝重，不甘心地再度用水灑溼死者四肢胸腹腿腳，將蔥白拍碎，塗抹在死者肌膚任何一寸可疑之處，接著用醋沾紙貼在上頭，耐心等待了一個時辰。

一個時辰後，醋紙一一揭開，卻還是未見任何傷痕顯現。

拾娘破天荒有些被難住了。

她深深吸了一口氣，只得細細將剖開之處縫合回去，暫時先用白布將屍體覆蓋妥當，再將醋潑到了燃燒著的炭火之上。

在濃重酸味煙霧騰空而起的剎那，心事重重的拾娘從上邊走過，以除去一身穢臭之氣。

她將那條腰帶也一併隱密地捲進了自己的羊皮驗屍器械卷中，一貫面無表情地走出了驗屍房，不忘對兩名看守的衙役道：

「勞煩兩位看好這裡，除了我與裴大人或劉尚書，不許任何人進出。」

「喏。」兩名虎背熊腰的衙役恭應道。

「如果叫旁人踏進一步——」她略揚一揚拳頭。

兩名衙役哆嗦了一下。

「不敢不敢，萬萬不敢。」

「卓參軍放心，有我們兄弟在，就連隻蒼蠅都別想飛進去下蛋！」

「謝了！」拾娘這才咧嘴一笑，豪爽地拍了拍他們的肩頭。「今晚我請吃羊肉鍋子，再讓人備幾斤羊肉索餅，讓大夥兒帶回去給家人老小，你們平日當差辛苦，家裡人也不容易，有肉大家吃！」

「多謝卓參軍……」

「謝謝參軍大人……」

兩名衙役感動極了，連忙執手道謝。

往常，無論官部還是坊間，總是多見小人物奉承打點上官的，卻極少見有上官這般憐下愛貧的。

雖說刑部和其他官署司部相比，有劉尚書和裴大人坐鎮，風氣自然剛直清正，但官是官，吏是吏，役還是役。

他們位處最底層之地，戰戰兢兢卑微慣了，又幾時被上官這般平起平坐、熱枕看待過？

卓參軍，眞的不像個當官兒的，而且身上也沒有長安武將的矜貴霸道，反而自有一股令人心折的沖天豪氣。

所以即便卓參軍沒有格外吩咐，他們還是會爲卓參軍守好這一畝三分地的。

「沒事，不用謝。」她不在意地擺了擺手，笑容一歛，大步而出。「我先去見大人，稍候再來。」

「參軍慢走。」

◆

其實，若換作以往置身在蒲州的驗屍房外，拾娘是不需要額外做此囑咐的。

可這裡不是蒲州，而是長安。

這兩、三個月來，她也曾經不大不小地吃過了幾次小小暗虧，才知道刑部裡也不是眾人心思都往同一處使的。

總有人有著這樣那樣的利害關係和私心，便是偷偷給她和裴大人使個絆子也高興。

說白了，不遭人妒是庸才，尤其事涉政爭……

可拾娘最是不耐煩處理這些文官間奸詐狡猾的手段，前幾次她便仗著自己拳頭重，也不管那些使絆子的小吏小卒後頭站著是什麼樣的勢力，誰讓她不痛快，她就揍誰！

阿耶說過，管什麼蝦兵蟹將，打疼了打狠了，先出口氣就不吃虧！

至於那些狗東西後頭倚仗的是哪尊大佛……不知道啊，反正她揍的是出頭鳥，沒指名道姓的，也就談不上得罪不得罪了。

是誰被她得罪了？既沒親自露面來討這個公道，她又哪裡會知道是誰？所以就不能怪她不給面子，對吧？

而且憑她的身手和多年來在軍中練出來的本領，多的是能打得人痛到屁滾尿流卻驗不出傷的法子。

只不過，總在她忍不住出拳毆完人以後，笑咪咪的裴大人就會慢條斯理地伏案寫下一封封龍飛鳳舞的公文，翌日瀟瀟灑灑地攜上進宮，在聖人召他下棋聊天的當兒，三言兩語勾起了聖人對刑部公務近況的關心……

比如，上回就忽然有個刑部郎中歐大人犯了事，且條條狀狀、罪證確鑿，不容抵賴，最後人就被貶到了萬年縣去做一個小小的書吏。

這被貶官之人名喚歐敬賢，是中書侍郎徐公一門生之親妹婿，本在長安縣擔任主簿，因自身學識不凡又精明幹練，故此便順順當當地攀著這條登天梯入了刑部，任從五品上的郎中。

歐郎中會幾次三番找他們二人麻煩，一是他自認為徐公一黨，裴相和徐公向來政見不合，在朝中各佔鰲頭，裴行眞乃裴相親孫，自然是他們徐黨的敵對人物。

二則因爲左侍郎這個官位，是他早就眼熱緊盯了許久的，本以爲自己兢兢業業在刑部做事，又背靠徐公，這一職定然早晚是他的囊中之物。

可誰知，憑空卻冒出了個裴行眞，一下子就被聖人親自安排在了這個僅次於刑部尚書的重要位置上……

他不敢對聖人有意見，暗地裡更是把裴行眞視作畢生大敵，恨不能一天十二時辰都不睡覺，就是要揪出裴行眞有什麼錯漏，好打一場揚眉吐氣的翻身仗。

三者，他也是見不慣卓拾娘一個女子「廝混」進刑部來，簡直髒了刑部的地兒，而她那一手「傷天害理」的剖屍功夫更是令人髮指……

女人嘛，只合該在家裡操持家務生孩子，習得一身武藝就已經叫人生厭了，還敢在朝堂上與男子一較高下長短，眞眞不知羞恥！

總而言之，在他看來，裴、卓二人就是刑部兩大惡。

一個唇紅齒白的黃口小兒和一個男不男女不女的……居然哄得向來英明的聖人處處爲他們作主，讓偌大森嚴肅穆的刑部成了他們邪門歪道、胡亂使弄的地兒。

連劉尚書都睜一隻眼閉一隻眼，說甚只要能得了破案，且不違唐律也就是了。

歐郎中對此更是咬牙切齒……

最最可惱的是，若是在公事上對決，是他歐某技不如人也就罷了，萬萬沒想到裴行眞這人太過下作，居然把他捨棄鄉下元配、再娶新婦的私密舊事，一狀告上了聖人面前。

聖人素來愛重髮妻長孫皇后，一聽之下大爲震怒，若非觀他公務上確實勤勤懇懇無大過錯，恐怕就不只是將他打落至一個險些入不了九品的小吏了。

而此番歐郎中在刑部的折戟沉沙，對徐公一黨而言，也算是挨了當頭一記悶棍……

但，徐公就是徐公，即便歐郎中不過是他區區一個門生的妹婿，他還是謙沖和藹地親自設宴邀請裴卓二人，說是要代爲賠罪，並深切自省沒有管好底下人。

如徐公這樣貴爲中書省的重臣，卻不惜反躬自察，對兩個年輕官員如斯禮賢下士，消息一出，自是又收穫了朝中不少官員的崇拜與愛戴。

就連坊間文人對此，也是不住交口稱頌。

一時間，徐公聲勢大好，隱隱然有文人領袖之姿。

拾娘雖然不諳裡頭的彎彎繞繞，但見此情形，心頭卻莫名發堵了起來——

他娘的！明明這老頭子說是代門下來賠罪，可這種種作態，怎麼就教人瞧著這麼不爽呢？

可在宴間，裴大人卻依然眼兒瞇瞇地笑，還煞有介事地和徐公在席上來回共飲了數盞，甚至趣致盎然地大發詩興，跟徐公當場揮毫，以「明月」爲題，一個出了上聯，一個對了下聯，堪稱句句清麗奇絕，令人讀來口齒噙香。

旁邊文官們喝采得歡，拾娘當然聽不懂那些咿咿呀呀的仄仄平平，她只是邊咬燒羊腿邊在心中暗自磨牙——

都是他娘的一窩子狐狸！

等散席後，她與裴大人並肩騎馬回別院途中，拾娘忍了忍，最終再也憋不住地低聲問：

「大人，咱們這回是不是虧了，中了那老……的計？」

裴行眞卻低頭對她神祕一笑。「欲將取之，必先予之……況且，咱們拔了徐公的一枚釘子，也得許人家討點面子回去呀！」

她清艷澄澈的目光透著迷惑。

他見她這一霎眼神乾淨嬌憨如稚子，心中一蕩，胸口一熱……

「啥？」她以爲他說了什麼，自己沒聽清，直覺地湊得更近來。

裴行眞卻不敢再細看，免得自己失態，只得輕咳了一聲，眸光低垂，嗓音壓得更低道：

「……若妳阿耶副將聲望比妳阿耶高，妳阿耶會歡喜嗎？」

拾娘想也不想，點了點頭。「歡喜啊，阿耶說他底下的兵將本事越大，就表示他這個主將越懂得帶人，好事兒一樁，這才叫長臉面，自然値得歡喜。」

「……」裴行眞一滯。

這，確實是自己舉錯例子也比錯人了，他相信以她阿耶豪爽大氣的品性，自然不會作如是想。

拾娘被他這麼一提醒，倒是轉過心眼來了，恍然大悟道：「你是指聖——」

「噓。」他修長指尖抵在唇邊，眉眼含笑。

她一凜，忙點頭。「明白。」

話說，裴大人連聖人的心思都算進去了……經此一事，拾娘越發覺得這些個文官平時肯定沒少吃豬腦子補腦子，裡頭的溝溝坎坎彎彎繞繞眞多！

拾娘自然學不來這些明爭暗鬥、爾虞我詐，所以她只能莽人用笨法子，每次在刑部裡行事，都得事先嗆明——

老子都說好了的，要有誰不長眼亂闖亂搗亂，當心老子先斷你三根肋骨！

裴行眞在知道了她這招後，笑彎了腰……半晌後邊忍笑邊比了個大姆指。

「好極！」

而眼下，拾娘在大步流星地離了驗屍房後，先到刑部撥予自己的班房淨面洗手更衣，隨即便拿著東西，匆匆進了刑部左侍郎公房。

裴行眞正低首神色肅然地親自閱覽刑部、萬年縣和長安縣等登記在錄的劊子手名冊。

「大人。」

「拾娘來了？」他抬頭，眸光一亮。「如何，死者屍首可有何蛛絲馬跡？」

拾娘搖了搖頭，先奉上驗屍格。

「回大人，死者胃袋裡僅有少量胃液，看狀況已兩天兩夜不曾吃喝，所以死者如果不是在家中遇害，那麼他便是被兇手綑綁到他處，失蹤了兩日夜後，於今日遭了毒手。」

他肅容，點了點頭。「還有呢？」

「死者屍體上，除了不翼而飛的頭顱和被拖行受傷的腳背，以及右手指腹內幾根小如針尖的木刺外，旁的傷痕都無。」她臉上終於露出了一絲懊惱。「但是，定然有什麼地方是屬下沒注意到的？」

「坐，」他接過驗屍格，先不忙看，將自己稍早前新焙熬煎好的一碗茶推至她跟前。「先潤潤喉，辛苦了。」

她接過，無心地隨意啜飲了一口，腦中仍不斷盤桓、思忖著驗屍之事。

他也不催促她，深邃清亮眸子透著一抹心疼。

換作一般的長安貴女們，平日不是簪花撲蝶，便是彈琴作畫自娛自樂，要不就是邀友飲宴競比裙衫，哪裡需要像她這樣總是火裡來水裡去，還時時刻刻與危險和罪犯、死屍爲伍。

拾娘不知他眼下心中的憐惜，重振了精神，認眞道：

「我本以爲衣衫不是死者所有，但再勘時，發現衣衫確實合身，右手袖口、肘心二處還有磨出的舊痕，右手指節間的繭是長年握筆留下的，只是拇指、中指腹繭子更厚。」

「長年以舞墨爲生……」他沉吟。

平常百姓大多不識字，以文營生者，概略可數算出哪幾類人，若非是文人墨客，就是私塾先生、藥堂大夫，或者帳房先生，甚至刀筆小吏等等……

她一頓，遲疑道：「死者所穿衣衫型式雖然不起眼，襴衫料子卻不是小老百姓慣常穿的粗布葛麻，而是看著雖樸素，質地卻較爲厚實平滑的桂管布。」

桂管布，又名桂布衫，在坊間士庶男子中頗爲風行。

裴行眞修常在案上輕敲了敲，面露沉吟。

他出身高門，所著衣衫多爲絲綢綾羅，可也常見許多出身小康甚至清貧的朝上同儕，私下若能購得幾匹桂管布做常服，便已經是極難得的「享受」了。

若死者眞是帳房，顯然也不是個收入普通的帳房先生。

「我稍早前已命人廣貼告示，並通令長安縣和萬年縣各坊呈上失蹤丁口名簿和曾報案的卷宗，還有青龍坊的各處釀酒坊，也已有玄符領著衙役與武侯前去查找。」他溫和寬慰道：「妳放心，雁過留聲，多方撒網，總能找出端倪破綻來的。」

「屬下明白。」拾娘點了點頭，搓揉著指節，忽地想起了手邊的羊皮卷，連忙展開，取出那條從死者身上取下的腰帶。「對了，大人請看！」

他神色一凜，仔細接過，果然一下子視線就注意到了黃銅鉈尾上，那被微微撬鬆的地方。

「死者腰帶鉈尾上是我撬開的，」她輕咳了一聲，有些赧然。「裡頭隱約可見一枚赤紅珠子，不知道是否有何深意？」

「拾娘果然心細如髮，火眼金睛。」他難掩讚賞之色，正想找趁手的工具，下一瞬就見一柄熟悉的柳葉刀送到自己手邊。

「給，大人你來吧！」她一臉興沖沖。

他一笑，低頭慢慢嚴謹地撬挖起那枚赤紅珠子，邊柔聲道：

「拾娘爲了辦此案，休沐日連飯都顧不得吃，想必餓得很了，我方才已讓人前去『醉霄樓』買雕胡飯和雉羹，這雕胡飯配蚌蛤醬更是鮮得能掉了眉毛，妳一定得嚐嚐。」

拾娘眼睛雖關注地盯著他挖珠子的動作，卻邊聽邊嚥口水，險些脫口而出——

那敢情好！

但她隨即想起今日這樁悽慘可憐的無頭屍案……五臟廟裡的饞蟲一下子又消停

了。「謝大人，還是不——」

就在此時，一陣食物美味混合著一縷說不出的香風，由遠而近，繚繞撲鼻……她下意識地摀著咕咕亂叫的肚腹，衝動地想回頭去看那傳說中的雕胡飯與稚羹、蚌蛤醬是什麼模樣，但還是努力憋忍住了。

正事要緊，正事要緊。

裴行眞則是剛剛取出了那枚赤紅珠子，還不及細看，聞聲抬頭，面露訝然。

「道娘，妳怎麼來了？」

在兩名部曲護送下，親手拎著大食盒款款而入的道娘笑意盈盈，臉龐因喜悅顯得格外粉撲撲。

他卻是劍眉一蹙。「胡鬧，阿兄不是讓他們護送妳回府的嗎？這裡是刑部，不是小女孩兒來玩的地方。」

清逸脫俗的道娘微微一滯，雪白小臉上掠過了一抹惶然和無地自容。

裴行眞見自己出言太急切嚴厲，有些傷了小妹子的心，暗暗嘆了口氣，神情依然端肅。

「道娘，阿兄不是凶妳，不過妳確實不該踏足刑部，這話不單是對妳，即便是縣主本人來了，我也是相同立場——不妥就是不妥。」

「裴家阿兄，我正是受阿耶和阿娘之命，幫你和……卓參軍送飯食來的。」道娘囁嚅。

他一怔。

拾娘看著一兩個時辰前才在大街上驚鴻一瞥過的女郎，心下又沒來由地浮躁了起來。

她腦中驀地冒出了以往在軍中，那些大老粗們最愛哄笑碎嘴時說過的——

阿兄阿妹，心肝寶貝兒喲……

嘖！

拾娘豁然起身。

她突地一副渾似要幹架的大動作站起，面色冷厲，惹得裴行真和道娘皆是一驚，不約而同朝她望來。

「拾娘，怎麼了？」

道娘瑟縮地後退了一步，她身後兩名隨扈的部曲感覺到那股子煞氣，寒毛直豎，連忙挺身而出，緊張地擋在道娘面前。

拾娘這才回過神來，頓覺失態，忙散去一身殺氣，訕訕然地摸了摸鼻子。

「腳抽筋了，起來伸展伸展。」

道娘從兩名人高馬大的部曲身後偷偷探看了看，餘悸猶存。

裴行眞對上拾娘，難掩關心之色。「當眞無事？」

「眞沒事。」她目光有些心虛地飄向旁處。

「如果身子不適，千萬不能強忍著，知道嗎？」他還是有些不放心，再三確認。

「好。」

「如果眞有哪裡不爽快，拾娘切莫瞞我。」

拾娘想到了他此刻的殷殷關切，跟稍早前對他「阿妹」的諄諄囑咐沒啥兩樣，胸口無端端竄出了一小簇火氣來。

她想也不想，面無表情地伸出拳頭在他面前威脅一晃——

煩不煩？想挨揍嗎？

他一頓，忙陪笑道：「是是是，我又叨絮了，拾娘千萬原諒則個。」

「嗯。」她滿意了。

兩名部曲看得目瞪口呆，萬萬沒想到令人聞風喪膽……呃，是敬畏有加的裴大人居然……

道娘卻是呆住。

對著這高眺冷豔、蠻橫不講理的卓參軍，阿兄竟瞬間從鐵面無私的酷寒冰冷，轉爲如沐春風的溫潤含笑討好，哪裡還有半分平日的尊貴清傲？

道娘滿眼不敢置信，抑不住滿心酸澀，她倉皇低下了頭，無措地握緊了緊食盒的提手。

這送飯食過來的差事是她偷偷央求了阿娘好久，才磨得阿娘心軟鬆口的，還是趁阿耶休沐日外出訪友不在，才得以成行。

若阿耶知道了，態度定然和阿兄一般嚴厲。

可……她真的按捺不住，就是想來看看……平常阿兄和卓參軍究竟是如何並肩作戰，聯手辦案的。

她也想像卓參軍那樣，幫得上阿兄的忙，證明自己也是足以站在阿兄身邊的那個人。

——然而，是她「來遲」了嗎？

不，她不認，明明她才是自幼追著裴家阿兄身影長大的，沒有旁的女郎比她更了解裴家阿兄。

他們整整相識了十數年啊……

道娘深呼息，再度鼓起勇氣，她正想說什麼，目光卻掃見了裴家阿兄左手握著的腰帶和右手指捏著的赤紅珠，心念一動——

「阿兄，這是算盤子吧？」

這一聲，讓裴行眞和拾娘齊刷刷向她望來，眼神銳利如炬！

✦

「此珠通體赤紅，中有孔洞，看著倒像是佛珠或手串子。」裴行眞捻著那顆赤紅珠子，沉吟不已。

「沒錯，而且算盤子不是較爲扁圓嗎？」拾娘也好奇。

道娘自幼受禮教庭訓薰陶，儘管對上拾娘時，心情不免有些複雜，還是嫻雅溫言回答：「算盤子有扁圓也有渾圓、橢圓，形狀微異，如果阿兄和卓參軍不介意的話，可否容我再仔細端詳此珠，辨別一二？」

拾娘看向裴行眞，只見他略略思索後，便將珠子交給道娘。

道娘小心地接過赤紅珠，反覆看了幾遍，湊近鼻端嗅聞了聞，最後將珠孔朝著光線明亮之處看了看，而後釋然一笑。

「兩位請看，這珠子鑿穿的孔洞圓潤且寬，較尋常串珠大許多，可與算盤上的豎木尺寸相合。」

裴行眞馬上命人取來一只算盤做比對。

刑部自有計史，所以也不缺算盤，待算盤送來後，他有些躊躇，不知從哪下手拆起。

拾娘在一旁看不下去了，從他手上拿過算盤，就跟掰蟹子似地暴力左右對折！算盤子滴溜溜滾了一地，她摘下其中一支豎木遞過去。「給！」

這一手「技驚四座」，道娘和部曲們看得瞠目結舌，裴行眞則是忍不住大笑，喝了聲彩——

「不愧是拾娘！」

拾娘聳聳肩，表示小菜一碟。

他笑著接來豎木，果然手中那枚赤紅木珠一下子就穿過去，且恰恰好足以上下撥動，順暢自然。

道娘也補充道：「這算盤子我料想應是由黃楊木所製，外頭漆成了紅，就是用以和下珠做出分別的。」

拾娘一愣。

裴行眞難掩一絲激賞地看向道娘——沒想到自己這個世交小妹，居然有這般好眼力與聰敏機變？果然是長大了。

拾娘察覺到身旁的裴大人神情溫柔感慨，且是對著這名清雅脫俗的女郎，她心頭一堵，隨即下意識揉了揉胸口。

自己這是餓過頭，都胃燒心了……吧？

「珠算，控帶四時，經緯三才。」道娘嗓音清脆如玉器輕擊，侃侃而述。「我確信這枚赤紅算盤子，是上珠沒錯。」

拾娘想了想，發問：「『控帶四時，經緯三才』是什麼意思？」

道娘訝然。「參軍不曾讀過東漢徐岳先生所著的《數術記遺》麼？」

她老實地搖了搖頭。

道娘會如此驚異，蓋因名門貴女閨格養訓中就有這一門必學的習算，否則日後出嫁夫家爲命婦，主持中饋，若對此一竅不通，就容易叫底下管家帳房鑽了漏洞，欺瞞了去。

便是未出嫁前，母親們也會撥幾間舖子給女兒們練練手的。

卓參軍身分也不低，怎會……

心有玲瓏七竅的裴行眞，幾乎是一瞬間就明白了道娘的困惑。

他深知這個世家妹妹並非看輕拾娘之意，但也生怕造成她們二人兩相誤解，忙笑著對拾娘說明道：

「……意思是，算盤刻板爲三分，其上下二分以停遊珠，中間一分以定算位，位各五珠，上一珠與下四珠色別，其上別色之珠當五，其下四珠珠各當一。至下四珠所領，故云『控帶四時』。其珠游於三方之中，故云『經緯三才』。」

裴行眞對於盤帳數術沒多大興趣，但他自幼熟諳子史經集，《數術記遺》歸《數術略》之中，自然也是讀過的。

拾娘眨了眨眼。

「明白了？」他柔聲低問。

她搖了搖頭，隨即又點點頭。

不明白，但只要他和劉家娘子明白就好。

聰明人負責用腦子，有武力的負責用拳頭，如此也是分工嚴明、各司其職。

可儘管想是這般想，拾娘還是有一霎的恍惚——

這劉家娘子生得極好看，像一株幽谷中的清泠泠蘭花，且心智聰穎又學富五車，居然能從一顆看著不起眼的赤紅木珠中窺透機關，就幫了裴大人一個大忙。

原來，能輔助裴大人抽絲剝繭的人，也不是只有自己。

拾娘垂首斂眸，莫名有些黯然。

裴行眞卻沒多想，再將那枚赤紅珠從道娘手中拿回，俯身在案上，展開鋪平一紙，用柳葉刀先是輕輕刮開一小片紅漆，下方果不其然露出的是黃楊木的色澤和淡淡香氣。

「紋理細密，黃似象牙，木透清香，」他抬頭望向道娘，稱許地頷首。「是黃楊木沒錯。」

道娘嫣然一笑。「阿兄還記得嗎？我幼時你便就做過一艘黃楊木的小舟送我，那時我只覺得小舟雕得好看，哪裡知道黃楊木性堅韌，是下不得水的，結果興沖沖拿去阿耶書房裡那金魚缸裡放，一下子就沉入底了。」

裴行眞也記得那艘小舟。

當時自己猶是少年，正習篆刻金石之術，想刻枚田黃藏書章送與耶耶，恰逢年幼的小道娘隨著縣主到訪。

當時她蹲在他身邊滿眼羨慕地看了大半天，做阿兄的自然不忍心，便命人取來一節黃楊木，雕了只小舟給她做耍。

誰知道小女娃隔天就哭唧唧地來了，說阿兄給的船沉了……

他眼神柔和而懷念，對道娘一笑。「那還是阿兄頭一次雕木頭，不知木性，反倒害妳哭了一場。」

道娘小臉微紅。「阿兄是雕來與我擺設把玩用，是我自己犯傻，哪裡能怪阿兄？」

他倆相視而笑，有種難以言喻的默契與歡快迴蕩四周……

一旁默然良久的拾娘，忽然嚴肅地執手爲禮，恭敬開口道：「——大人，屬下突然想起了還有一個驗屍方子沒有印證過，屬下先回驗屍房一趟！」

他一怔。「我隨妳去。」

「不用。」她想也不想地斷然拒絕，「大人放心，屬下一有最新發現，定然馬上回來向大人稟報。」

「拾——」

他大手甫伸出欲攔，拾娘已經風風火火地走了。

道娘迷惘地望著她颯然而去的背影，卻也不由得暗暗鬆了一口氣。

卓參軍身上剽悍英氣太過逼人，自己在她跟前總有些惴惴不安哪。

# 第四章

拾娘疾步如飛地遠遠離了左侍郎公房，心臟跳得又快又重又猛，好似就要撞破胸口……

她腳步倏然在幽靜肅穆、門戶緊閉的刑部卷宗堂前石柱下停住，手搭在石柱上頭，略略喘息。

自己這是……怎麼了？

方才為何在那裡，竟有種無法呼吸的窒息感？好像再停留下去，她就要喘不上來氣了。

「我……」她才開口說了一個字，卻發現自己竟無話可說。

翻騰在胸臆間的心緒太過陌生費解且酸澀難受，她不想辨認，也無從辨認起，只覺得連腦子都有些嗡嗡然。

娘的，既想不明白，不想也就是了！

她深吸了一口氣，定了定神，微微發白的臉色又恢復些許鎮靜如常，便再度沉穩地一步步踏向驗屍房。

屍首身上用白梅餅、糟醋等都驗不出傷痕，但死者不可能在生前束手就擒地乖乖等著人來砍頭。

況且人在刀刃落下的剎那，即便刀再快，人體都不可能沒有絲毫緊張、收縮、僵硬、抽搐，甚至掙扎等反應。

那麼……或許只剩下那一個可能了！

拾娘命人去煮來甘草水，而後揭開布，一一塗抹在無頭屍軀幹和四肢上。

果不其然！在上臂和胸口腰腹間，漸漸浮現了繩索束縛的瘀紫泛黑傷痕。

就連膝蓋也有久跪留下的血瘀。

而這些傷痕是被人事先用茜草投入醋內，塗抹在傷損之處，就造成了傷痕隱沒不見的假象。

茜草，又名血見愁，根做染料，亦可入藥，主治吐血、瘀血等疾，產自山南道、關內道、隴右道。

她直起身來，覆著面巾後的面色凝重至極。

茜草醋汁隱藏傷痕的法子，非一般人可知，唯有北方積年老仵作才有這樣的密技。

因茜草和醋汁的份量配比微妙，輕則一、兩個時辰後就效果盡失，重則肌膚上反而會浸潤出茜草的紅來。

斬首行凶者……疑爲劊子手……有掩蓋傷損之技……又疑似仵作……

即便拾娘怎麼都不願意做如是揣測，但這兩條線索都將目標指向——

公門中人！

拾娘匆匆取出第二張驗屍格，將再勘的最新發現一一寫明，吹乾墨跡後，疾步前去通報裴大人。

「大人！」她面容隱隱激動。

裴行眞在看到她的瞬間，眼睛一亮，率先道：「拾娘來得正好，玄符二人在外頭候著，說已經找到了疑似棄屍的那架單騎雙輪馬車，還有狀似第一凶殺現場，我們馬上動身前往勘查，還有——兇手和死者，極有可能都是居住在青龍坊的公門之人！」

「屬下也……」她一呆。「大人是從何研判出來的？」

「是道娘點破迷津。」裴行眞毫不掩飾嘉許地瞥向一旁的道娘，將堆得小山似的青龍坊手實籍書中，放在最上頭的那一卷展開遞與她一觀。「來，妳看。」

她接過，低頭瀏覽。

裴行眞知道她長年在蒲州，對長安不甚了解，便娓娓講述道：

「天下諸州，每歲一團貌，既以轉年爲定，復有籍書可憑。青龍坊爲長安大坊，坊開四門，內設十字街，分爲四區，每一區內有一小十字巷，全坊分十六小塊，南北長六百五十步，東西寬七百步。」

大唐坊正及里正，每年都需實地走訪查核該地人丁相貌特點，是否與籍書上紀載的相合，如有變化，得適時進行修改抑或增補，此舉稱作「團貌」。

「在這坊內七百步尾有十四戶，戶主都是長安各部小吏，散住其中。」他微笑。「拾娘看出當中蹊蹺了嗎？」

拾娘目光如電，一一掃過手實籍書的舊色墨字上，羅列出的——

……青龍坊戶主柳貫　年二十九歲　丁男　萬年縣計史　面白鼻高　與妻何氏義絕　膝下一子　小男柳保兒七歲

……青龍坊戶主陳濟世　年三十八歲　丁男　萬年縣衙役　面方黝黑　娶坊內錢氏女爲妻

……青龍坊戶主趙牛　年六十歲　老男　前不良人　高大魁梧　現爲白丁

……青龍坊戶主姜羅羅　年四十歲　丁男　曲池坊武侯　瘦高圓臉

……青龍坊戶主葛萬娘　年三十一歲　寡三年　長安縣衙灶娘　體豐面白

……青龍坊戶主岑貴伯　年六十八歲……

「死者腰帶鉈尾是黃銅所製，內嵌入赤紅珠，符合了北周甄鸞所述『五行算』

中的：以赤算配黃爲七百，」道娘眸子發光，小臉興奮接過話來。「赤紅算珠配黃銅，暗伏七百之數，而案件正正發生在青龍坊，也唯有青龍坊寬恰恰是七百步，所以應當是死者在生前遭擄時，暗中藏下的線索，指向擄劫他的人，就在這七百步之距的十四戶裡！」

拾娘震驚地看著她。

「卓參軍，妳覺得我的解析推演有沒有道理？」道娘面頰因激動而隱隱酡紅。

「……有道理。」她收束了心神，也說出了方才自己在三度驗屍時的種種發現。

「兩位女郎眞是巾幗不讓鬚眉，今日無頭屍案若能破，都是妳們二人的功勞。」

裴行眞笑了，目光熠熠，拱手對她們兩人團團一禮。

道娘小臉越發紅了，連聲道不敢。

拾娘則是猶豫了一下，認眞地道：「劉家女郎很了不起。」

「卓參軍才是女中英豪。」道娘嫣然微笑。

她搖了搖頭，嚴肅道：「不，妳也很厲害。」

只憑一枚算盤子就能推查、解謎出這些有用的線索來，幫助縮小了案件受害者、嫌疑人與可疑案發地……

這是很不容易的。

而且在這之前，劉家娘子還只是個被養在錦繡閨閣中的長安貴女，卻能有這樣一番犀利巧智和見識，實在極了不得。

「阿兄，我能與你和卓參軍去嗎？」道娘見裴行眞和拾娘準備要前往青龍坊查案，忍不住殷切地追上了兩步。

拾娘遲疑，詢問地望向裴行眞。

裴行眞眼神溫柔和煦地看著道娘，安撫道：「妳已經幫了大忙，接下來的行動太過危險，萬一疑犯凶性大發……總之妳乖乖先回府等著，我們辦完了案子再去找妳，阿兄今日定然要好好答謝妳的。」

「阿兄，我可以在外頭馬車安靜等著，有部曲寸步不離護著，不會給你們扯後腿的。」道娘央求。

這是她頭一次覺得自己很有用，對某件事充滿熱血沸騰的參與感……她不想再被關回那個富貴卻無聊的金絲籠之中。

「不行。」

「阿兄……」道娘有點快急哭了，在病急亂投醫的情況下，轉而求起拾娘。「卓參軍……卓家阿姊……讓我也一起去吧？我保證不會搗亂的，我只在外頭候著，決不妨礙你們當差辦正事的。」

拾娘最是見不得小女郎流淚難過了，她看向裴行眞。「大人，劉家娘子於此案是功臣，便讓她一同到青龍坊，在坊門武侯鋪那邊等消息罷。」

裴行眞則是一向拒絕不了拾娘，只得點頭答允了。

「下不爲例。」他色厲內荏地瞪了道娘一眼。

「喏。」道娘展顏一笑。

拾娘卻是已經默默出去，牽起照雪，翻身上馬。

◆

青龍坊尾十四戶中無人釀酒經營，但被發現的那架馬車就藏在隔鄰對巷的酒坊後頭。

而前面是開張的酒舖子，上頭高高懸著面酒旗，大門上還掛了一幅布簾子，繡著——

一輪明月掛半天　淑女才子並蒂蓮
碧波池畔酉時會　細讀詩書不用言

「店主頗爲風雅。」裴行眞在酒舖前下馬，滿意地看到四周已經由刑部衙役和武侯牢牢看住了，抬頭一見，不由輕笑讚道。

拾娘也下了馬，拍了拍照雪的馬頭，好奇地隨口一問：「還掛了首詩，這不是酒舖嗎？怎麼弄得跟書舖子似的？」

「這是一幅字謎，」他微笑。「謎底是——有好酒賣。」

「……」拾娘一頓。

眞是佩服這些讀書人，總是有這麼多門道。

玄符聞聲出來，對他們一拱手。「大人、卓參軍，馬車在後院。」

他們二人進去後，率先看到的是瑟瑟發抖的店主夫婦。

「大人，大人冤枉啊……」店主連聲喊冤。「那馬車確實是我們舖子裡的，但前幾日就丟了，也不知是哪個小賊偷走了，好不容易又良心發現給送了回來，我們夫婦正歡喜著呢，還顧不得檢查一二，只好先忙著在前頭做生意……

「……還有還有，這坊間鄰里都知道我們後院是釀酒的，也常有熟識的別坊店家遣小廝來搬酒，都是熟客老客了，三天兩頭就有騾車牛車從後門兒進出，也是常事，也沒誰會特別注意……」

裴行眞挑眉，注意到店主叨叨絮絮到鉅細靡遺的解釋。

「是呀大人，我們夫婦都是做小本生意，這小老百姓成天只忙著掙著幾文錢圖口飯吃，哪裡敢與什麼案子牽扯上？又哪裡敢做壞事呀？」店主的婦人也不斷摩娑著手，哭哭啼啼。

裴行眞眸光落在婦人那不自覺一直重複摩娑的舉動上……

這是種自我安慰，這婦人在努力對自己說出的話安心。

……而一個人又會在什麼時候，連自己都不相信自己的話？

就是極力想把謊言當眞的時候。

「你們認識今日駕這輛車的車夫。」他靜靜地道。

店主夫婦瞳孔劇烈一縮，下一瞬越發激動否認。

「大人！這就要冤死我們了，眞的馬車是叫賊給偷了，您不信的話便問問鄰里們，草民還罵了好幾天的——」

「大人，我們也是苦主，我們眞的什麼都不知道——」

拾娘皺眉。

即便她沒有裴行眞察言觀色、洞悉人心的精妙本領，但是店主夫婦這麼刻意擾嚷，雖然口口聲聲喊冤，連她也察覺出了有些不對。

平常庶民最怕見官，就算店主夫婦不清楚他倆擔任何職位，但光是玄符能號令掌控武侯和衙役封住酒舖酒坊內外，店主夫婦便也該清楚玄符親自領進門的，怎會是無名小卒之流？

若是一般百姓，喊上幾句冤後，就縮頭縮腦地等著大人「裁示」了，可他們夫婦倆卻生怕自己引不起人側目似的，話一套又一套地叨叨個沒完。

況且一個能在酒舖門口掛著詩謎的店主，想來也是有些見識底蘊的，不像是普通的市井小民。

見店主夫婦還想鬧騰、打迷糊仗，裴行眞使了個眼色。

玄符下一瞬便命人將他們又「請」到了角落一旁看管住，等大人稍後再行發落。

裴行眞和卓拾娘逕自往後院方向走去，店主夫婦低頭暗暗交換的眼神裡，藏不住一絲焦急之色。

——眼下該如何是好？

後院不小，還有口井，立著間不大不小的屋舍，隱隱飄出酒香來。

裡頭是各種酒槽瓦甕等等，以及盛裝稻米粟米的器物，其中一個大甕掀開來是紅曲米。

屋舍外頭儘管打掃得井井有條，仍無可避免散落著一些粟米和紅曲，混合著草地沙土被輾過的痕跡。

那架雙輪馬車挨著屋舍停靠，一匹栗色馬兒被栓在樹下，悠然自在懶洋洋地甩尾驅趕蚊蠅。

看著就是「酒足飯飽」了。

拾娘注意力被吸引過去，她低頭看著槽盆，裡頭是殘存的一點新鮮草料和幾顆未吃淨的黑豆。

來到這裡後，她總有種處處詭異違和的感覺……

拾娘回頭，見裴行眞對著她微微一頷首，目光深沉。

看來裴大人也和她有相同的體悟。

裴行眞來到馬車旁，輕輕掀起了簡陋的布簾子，車廂內空空如也，連鋪著的粗布毯子都不見，只露出整排老舊暗色的並排木板。

……這便是欲蓋彌彰了。

他自懷中掏出一方雪白綾帕，到井邊打溼擰乾了，略略折成方勝，拿捏在指間，俯身進去用綾帕一一摁壓、擦拭過木板上的每一寸。

不一會兒，雪白綾帕在某一處倒印之時，再翻開後，便沾染出了些許粉紅。

他放近鼻間輕嗅——是血。

沾了血的粗布毯子許是被丟棄或焚燒了，但終究在搬運屍體之時，有血透過粗布毯子流進了並排木板縫隙上。

「看來，這便是當街棄屍用的那輛馬車了。」

拾娘也檢查完了車輪上的一點殘存紅曲，點了點頭，忽然道：「店主夫婦可疑，但他們不是兇手，至多是幫兇，或知情不報之人。」

他溫言道：「拾娘如此推斷，是因爲看出店主沒有那樣的身手嗎？」

「對，而且店主夫婦雖是中年人，雙手卻極爲白嫩，」她道：「善於釀酒的人因長年翻攪酒粕，所以手能滋養如回春，死者當頭俐落的一刀，持刀者握刀需穩而快，掌心指腹必有老繭，且關節較尋常人粗大。」

「沒錯，但他們也沒有他們口口聲聲說得那般無辜。」

「大人要先審問店主夫婦嗎？」

「不急。」他揚聲命人把他們二人暫且押往刑部，也將栗色馬和馬車一同扣押爲證物，而後道：「先到籍書上十四戶中的柳貫家看看。」

「那名萬年縣計史？」

「對。」

裴行眞適才在刑部之時，已命武侯守在了這十四戶的前門後巷，同時讓衙役暗中去這十四戶戶主當差的地方查問。

柳貫家不遠，就在酒舖附近，幾乎是拐了個彎就到了。

只是門戶緊閉，叫門也不見開，拾娘二話不說抽刀，精準從門縫中劈斷了門閂。

門閂斷成兩半，拾娘輕鬆踹開了木門，而後握緊刀柄，謹慎地緩緩踏入。

裴行眞瞥見一旁武侯們咋舌不已，忍不住抿了抿唇，忍著笑跟了上去。

他們二人分頭搜查。

這處窄小的院子好似已經很久無人用心灑掃打理過了，一明兩暗的屋宅內更是透著一縷子潮溼濁惡氣息，陳設也頗爲簡陋，難尋日用精巧些的器物。

灶房裡有少量米糧，油鹽醬醋只剩了個底，水缸裡倒是還有半缸水，可柴火不多，若按著灶口的堆灰看來，這口灶並不常使用。

這屋子有人住，但住著的人卻有些懶怠，看著尋常飲食都是在外頭解決的。

正堂蓆子上散落著只綬囊，矮案上則有一些謄抄的帳冊，擱置上頭的文房四寶也是中等之物……林林總總，看著就十分符合一名縣衙計史小吏的身分。

屋宅內外俱是一片寂靜，依稀可聽見四面牆另外一頭鄰居的談話說笑聲。

置身正堂的裴行眞彎腰拾起了那只綬囊，略微檢查，發現裡頭有可驗證身分的魚袋，半串的開元通寶銅錢和……

拾娘從房裡輕而易舉地拎了一只箱籠走出來，放到裴行眞面前。

陳舊的箱籠裡疊放著些＿頭襴衫袴褲等衣物，倒是頗爲講究，隱隱薰香之氣未散，只是那香氣倒不像什麼金貴的，反而讓人聞了有些想噴嚏。

而其中有一件正是桂營布所製。

「大人，這件桂布形制跟無頭屍身上穿的一樣，還有這些衣衫右邊手肘同樣有磨損的痕跡。」她面色嚴肅。

有極大的可能，戶主柳貫就是那具無頭屍了。

「綬囊和魚袋也在。」他緩緩吸了一口氣，看向矮案上的東西，「還有，案上有帳冊，卻沒有算盤。衙門自有公器算盤，但計史們通常隨身都要帶著一只自己的算盤備用，以防衙門的算盤若有遺失，也不至於耽誤差事。」

「如果無名屍眞是柳貫，他如何會不帶綬囊和魚袋，卻獨獨帶了算盤離開？」

她越發覺得此案種種跡象有些突兀反常，邏輯不通。

「……怪異之處不只這一樁，妳可還記得手實籍書紀錄著，柳貫與妻義絕，然育有一子？」

她想起來了。「是，小男柳保兒年七歲。」

「可這裡裡外外卻絲毫不見小兒之物。」

她一凜。「對啊，爲何沒有柳保兒的衣物鞋襪或泥貨玩物？孩子去哪裡了？怎麼坊正沒有注明？難道是被前妻一併帶回娘家照顧了？」

但就算孩子跟了阿娘，做阿耶的也不至於家裡沒留小兒的一、兩件舊衣或小玩器做念想。

他神色冷峻起來，忽然將那只綬囊裡的東西全部一一倒在了案上……和魚袋及銅錢落下的，還有幾張摺疊妥當的紙。

裴行眞修長紙間撿抄起那幾張紙，打開後，一看竟是質典家中器物厚襖等的票子。

「一縣計史的俸祿不算少，養家活口足以。」他蹙眉。「如今才是初春，連剛過完冬的厚襖都能當了去，可見其囊中羞澀程度。」

拾娘咬牙：「該不會連孩子都賣了？」

裴行眞面色也不好看起來，先命人封鎖此處。「到其他十三戶鄰里間看看。」

就在此時，玄機快馬趕到，額頭髮絲被汗水打溼了，快步進來，送上匯總卷宗。

「大人，查看的人回來了。」

裴行眞接過，低頭一覽。

其中有九人正在當差，四人不在當差的地方，有兩人休沐，一人是前不良人，現爲白丁，而另外兩人，其中戶主葛萬娘近日再嫁，已經不住在青龍坊。

另外一戶主柳貫卻是無故曠職三日了，縣衙那頭命衙役來找也不見人影，最近正逢理稅帳之時，主簿給氣得牙癢癢，只說定要稟明大人，將此人遣退。

「大人，有個老衙役偷偷地來報，說這柳計史若非於數術理帳上著實是一把好手，公事上也兢兢業業從無出錯，否則就因他沉迷於花街柳巷，恨不能死在女人身上的惡習，主簿大人早就叫他回家喝西北風了。」玄機道。

「那孩子呢?」

「什麼孩子?」玄機迷惑了一下，慚愧道：「大人恕罪，屬下當時只有向老衙役追問，可知柳貫多流連於哪幾處……老衙役說，柳貫自命風流，但俸祿不高，常年只能往平康坊一曲裡頭鑽，往來也都是些才藝容貌平平的妓子，然這柳貫只要醉酒後便常常揚言，總有一日定要到那中曲和南曲，見識見識真正的美人窩、銷金窟……」

「原來，還是個風流種。」裴行真輕嗤，目光透寒。

拾娘想起了方才打開箱籠時嗅到的淡淡拙劣香氣，因長安唐人無論男女，常有薰衣薰香的習慣，所以她也未多想。

但如今看來，那些個衣衫也許正是長年累月混跡妓子堆裡，沾染出的脂粉香氣。

拾娘只惦記著孩子，霍然道：「大人，屬下先行去鄰里打探一二，或許會有人知道孩子的下落。」

「一起去。」

✦

案件走向急轉直下，大概已可知死者便是計史小吏柳貫，不知死因究竟是因爭風吃醋遭人情殺？還是旁的什麼……

但緝查追拿兇手雖是第一要務，可柳家那個消失了的小兒的下落，更是至關重要。

拾娘在鄉野間也曾見過狠心的爹娘，把他們眼中的賠錢貨女兒給賣了，就為了幫傳宗接代的兒子買一口肉吃。

也曾見過男人爛賭的，把家中妻兒全都典質給了賭坊；更有寡婦和人私通，被孩子撞見後，連同姘頭把人給溺井了。

人心，是至光明至黑暗之處。

她面色森冷，敲開了隔壁戶主的門時，險些嚇了那魁梧老人一大跳。

「這、這是要做什麼？」

「敢問是趙牛趙老先生？」一旁高大清俊、笑意吟吟的男子問。

魁梧老人鬆了口氣，遲疑道：「當不起您一句老先生，老朽就是趙牛。」

「刑部辦案。」裴行真面上帶笑，眸光卻絲毫沒有錯過趙牛臉上、肢體上任何一瞬直覺反應。「可否方便入戶談談？」

趙牛下顎下垂，嘴唇放鬆，眼睛有一霎睜大，眼瞼和眉毛微抬……這是人在驚訝時的自然流露，而且過程極快，立時又恢復平靜，而後進入疑惑與好奇。

這魁梧老人是確實訝異於他們的身分，也不知道他們的來意。

若是心存遮掩或佯裝驚訝，人就會不由自主地刻意延長了訝異之情，爲的便是讓對方看清楚，自己正在「驚訝」。

「方便方便，」趙牛有些受寵若驚。「大人們請進。」

幾時見過有大人這般客套禮貌了？就連他當年還是不良人時，上官們也瞧不起他們這些生於草根、長於市井，幫忙跑跑腿、緝拿盜賊的最底層小人物。

拾娘眼神盯著趙牛一雙粗繭大手，忽道：「你的刀應當使得不錯。」

裴行眞瞥了過去，若有所思。

趙牛迎視她的目光，苦笑了一下，坦然地將微微發顫的大手呈給她看。「是，某當年在縣尉底下的不良人隊伍中，也算得上是排得上號的，只可惜年紀大了，握不穩刀了，只得退了下來。」

她不發一語，倏然拔刀朝他一拋，快得彷彿只在人們瞳孔間劃過了一道殘影！

趙牛看著有個什麼猛然朝自己砸來，本能地伸手要接住，只是他反應雖快，但微抖的大掌還是和刀鞘擦肩而過……

眼看著躲避不及，就要生生挨這一記砸得頭破血流了，電光火石間忽地有一只修長漂亮卻同樣布有厚繭的女子之手，不知何時已經來到了他近前，牢牢握住了那刀鞘。

而後拾娘左手握刀鞘，右手持刀，迅速俐落地安刀入鞘，扣回腰際，這才鄭重地執手躬身。「抱歉，方才有所試探，得罪了。」

她善武，自然看得出在這猝不及防的當兒，趙牛是假意接不住，還是當眞接不住。

若是爲了作假，不惜挨這一刀鞘，但習武之人有些習慣是改不了的，定會氣沉丹田，左右腳跟站穩弓步，渾身肌肉瞬間緊繃——

因爲情知重物砸面，必然劇痛難忍。

而肌肉筋脈會早於思緒之前一剎，相同做出防禦。

趙牛有著習武者的基本反應，可正如他所說的，年紀大了，手不穩，腳下也不穩，在這迅雷不急掩耳間，他的眞實動作會暴露無遺……

拾娘望向始終泰然自若、處變不驚的裴行眞，搖了搖頭。

兇手不是他。

斬刑的那一刀，又快又重又狠又穩，不是趙牛能使出的。

而是個比他精實強壯又稍微年輕，卻也經驗老道的男人……

比如，今日休沐，又符合籍書上描述的——

……年四十歲，瘦高精壯的曲池坊武侯姜羅羅。

曲池坊是緊鄰青龍坊尾七百步十四戶的最後一坊，靠近曲江池……如果姜羅羅當眞是殺害柳貫的人，又有地緣關係，那麼花木山林江畔垂柳的曲江池，自然能提供眾多隱蔽之處可以動手。

在坊間或住處殺人，先不提種種不便或遭人撞見之處，光是清洗血跡就棘手許多，但假若人被綁到了曲江池，在那兒宰了，多的是暗流小溪可消除痕跡。

拾娘正想開口，裴行眞一時攔住了她的話頭，爾雅含笑對趙牛問道：

「我想打聽打聽，你可知這十四戶裡的那位戶主柳貫？」

趙牛眼底閃過一抹厭惡。「自然是知道的，我與他做了十年的鄰居，還眞是……晦氣。」

「怎麼說？」裴行眞饒有興味問。

趙牛敏感地看向裴行眞。「大人來自刑部，所以是柳貫犯事了？」

「柳貫牽扯進一樁案子裡。」裴行眞語意模糊地道。

趙牛面色不豫。「那廝爲了女色，幹什麼蠢事惡事都不令人意外，幾年前連他的妻子都忍受不了，拚著和他義絕，從此老死不相往來——」

「孩子呢？」拾娘再也忍不住插嘴問：「不是聽說他有個兒子嗎？」

趙牛神情緩和了，嘆了口氣。「那孩子是個好的，可惜落到了這狼心狗肺的阿耶手裡，阿娘只顧著逃離火坑，連匆匆再嫁都沒打算將孩子帶走。可憐一個乖巧的小兒，幾年下來活得跟個街邊乞兒沒兩樣，還得洗衣做飯，挨尋歡醉酒回家的阿耶的打罵……」

拾娘拳頭都癢了，可想起了方才柳家沒有一絲小兒存在生活過的跡象，不由心下重重一沉。

裴行眞亦是如此，但他穩住了，追問道：「就沒有人幫著報官嗎？」

趙牛苦笑。「報了，怎麼沒報？可畢竟是家事，唐律可沒規定爹娘打罵孩兒犯法，何況柳貫好歹是個計史小吏，有他在，孩子總有個遮風避雨之地，也有一口飽飯吃，只是……唉。」

拾娘狠狠磨著後槽牙，憋著一口氣。「可這是不對的。」

「唐律有載：若子孫違犯教令，謂有所教令，不限事之大小，可從而故違者，而祖父母、父母即毆殺之者，徒一年半；以刃殺者，徒二年。故殺者，各加一等。」裴行眞也嘆息。

自古連父殺子都多爲不罪了，只因在世人世情眼中，身體髮膚受之父母，所以孩子乃父母之物，打罵打殺，也不過是毀了自己的東西罷了。

否則怎有飢荒之年，其父爲奉養祖母，不惜殺兒取肉餵之，子亡祖母在，鄉里人人讚其是大孝子？

「……故相較之下，我朝唐律已可算是嚴謹周密公平的了。」裴行眞感慨道。

拾娘一臉深惡痛絕，卻也知道此刻並非追究律法制定的時候，忙問趙牛：「您可知後來呢？我們去到柳貫家中，既沒看見小兒，也沒看到他的衣物……」

趙牛見兩位大人是眞心關切柳保兒，也撤下了心中防備。「回大人的話，保兒雖說沒攤上個好阿耶，不過幸好蒼天有眼，他後來得了一名武侯的緣，也是我們青龍坊十四戶裡的一名戶主——」

「姜羅羅？」裴行眞挑眉。

「大人怎知？」趙牛咦了一聲。「大人也識得姜武侯？」

「聽說過。」他笑了笑，避重就輕地道：「此人在武侯鋪風評不錯，只不知他私下爲人如何。」

趙牛面上浮現一絲敬佩之意。「大人，姜武侯確實是個眞正的好漢子，雖然性情沉默寡言，可街坊鄰里誰家有了困難，但凡他做得到的，總會暗地裡幫一幫手，只可惜……」

「可惜什麼？」

趙牛唏噓。「唉，世人多昏聵蒙昧，在不知道他早年曾在關內道做過劊子手之前，哪個不說他急公好義，是個好人的？」

「關內道？」

「劊子手？」

拾娘盯著裴行眞。「大人，那茜草也出自關內道……」

裴行眞目光深沉而隱晦，點了點頭。

趙牛見他們二人神情有異，有些慌了。「大、大人，老朽說錯什麼了嗎？」

「不，」裴行眞搖頭，泰然自若地道：「然後呢？姜武侯收養了柳保兒，可籍書上並未載錄過繼一事？」

趙牛道：「我也曾多嘴一句問過姜武侯，可姜武侯說，劊子手大多身後無子嗣，因有損陰德，殺孽太重，怕連累妻兒，便只收養子以做繼承人。只他此番收養柳保兒，並不是爲了讓保兒走他的老路。」

「那是何緣故？」

「因爲保兒溫順乖巧，在知道了他的過往後，依然對他孺慕如故，還會偷偷幫他洗衣……只因姜武侯在幾次柳貫責打保兒之時，都出面狠狠教訓了柳貫，還常常揣羊肉胡餅給瘦骨嶙峋的保兒，」趙牛感觸良多。「孩子也知道誰才是眞心對他好。」

拾娘和裴行眞相視一眼，在彼此眼中看到敬服與惋惜。

這姜武侯……是個好人。

趙牛說起來很是慚愧。「和姜武侯相比，老朽倒顯得心硬如鐵了……可我傷病多年，只能勉強養得起自己，孩子跟了我，非但吃苦不說，日後還得幫我養老送終……」

裴行眞沉默了一瞬。「老先生不必自責，行善自然是大義可佩，但只保全自己也無可厚非。」

趙牛神色黯然。「不能比，不能比……」

「你這幾日可有再撞見過柳貫或姜武侯？」裴行眞問。

「老朽最近身上痹症痛得厲害，都沒能出門。」

「我可否讓人入屋查檢一二？」

「當然當然，大人請。」趙牛坦坦蕩蕩，自然沒有什麼不肯的。

拾娘很快入屋，須臾再出來時，對裴行眞搖了搖頭——無事。

裴行眞便領著拾娘告退，在步履跨出門檻之前，他忽問：

「姜武侯可有提過，他怎麼會千里迢迢從關內道進長安的，是投奔親友而來嗎？」

趙牛一愣，撓了撓頭。「喔，老朽方才沒有提到，姜武侯有個姊姊嫁到了長安，喏，就是前頭酒舖的東家娘子。」

——原來如此。

# 第五章

姜武侯屋舍四周，暗暗布滿了刑部精幹衙役。

不動用武侯，自然是因爲不想其同儕走漏風聲，讓姜武侯有可逃之機。

只是當拾娘和裴行眞、玄機玄符破開大門，疾射而入的剎那，看到的卻是他們萬萬沒想到的一幕——

香燭紙錢繚繞中，有個高瘦精實的男人緩緩抬起了頭，把手中最後一疊紙錢擲入了瓦盆裡。

很難形容這樣一雙眼睛，深沉、嗜血、滄桑而疲憊……

還有種對接下來降臨的命運有種坦然接受。

「短短兩個半時辰內便找到了這兒——」男人渾厚嗓音響起，很是平靜。「刑部裴大人和卓參軍，果然名不虛傳。」

「其實，你留了線索。」裴行眞深邃黑眸注視著他，嗓音清冽溫和。

一看見瓦盆裡尚未燒完的算盤，拾娘也終於了解此案的種種違和之處了。

「那枚算盤子，是你故意嵌進去的。」她很難表達此刻的心情，「便是爲了讓我們可以盡快找到死者的身分？爲什麼？」

男人姜羅羅緩緩起身，拾娘下意識將手按在刀柄上，保持警戒。

「我原以爲，兩位大人即便動作再快，也是要過了明日。」姜羅羅只是佇立在原地，手無寸鐵，可絲毫不減周身標槍兵器般的挺拔。「然而在十四戶周遭都有武侯衙役包圍時，我便知道留給我的時間不長了。」

裴行眞目光落在瓦盆上，心情沉重。「你這紙，是燒給誰的？」

拾娘臉色也微微發白，難道是……

「我的保兒。」姜羅羅喑啞開口。「今天是他的頭七，這紙錢本該在午夜燒給他的，可來不及了。」

裴行眞和拾娘知道他的意思，落網在即，姜羅羅今晚確實無法爲柳保兒做頭七祭儀。

可明白歸明白，他們心頭滋味複雜凝重至極，生不起半點終於追緝到兇手的釋然與痛快感。

肅穆簡潔寂靜的屋舍，焚燒騰空繚繞的紙錢飛灰，精疲力盡滿目孤寂蒼涼的男人……

此時此刻，眼前之人再無求生之念。

姜羅羅低著頭，痲木地講述起：「七日前，保兒被他親生父親活活打死在床角，我只來得及見到他最後一面，他……臨死前見到我的最後一句話便是：我沒聽阿耶的，義父，我不偷你的錢。」

拾娘心頭一顫。

裴行眞眼神黯然，想問什麼，可在這短短的兩、三句間，又恍似什麼都不必再問了。

「我事後追查才知，」姜羅羅心如死灰，苦澀道：「就因爲那個混帳近日被個一曲新來的新鮮妓子勾得神魂顚倒，想一擲千金爲她贖身，但他不敢挪用縣衙的公款，便把念頭動到我身上……那日他逼保兒來偷我屋中錢財，保兒怎麼也不肯，就被他掄起棍棒打得……打得骨斷筋折……」

姜羅羅死死咬住了下唇，努力憋忍住了幾乎裂胸嚎啕而出的痛苦。

拾娘聽得義憤塡膺，怒火中燒。

若此事爲眞，那柳貫當眞死不足惜！

裴行眞卻比她冷靜客觀太多，沉穩如故。「你爲何不報官？倘若眞相如你所言，也該有唐律王法爲保兒伸張，不該你動用私刑，賠上自己，還連累旁人……你阿姊、姊夫，又何其無辜？」

姜羅羅身子一震。「我阿姊和姊夫怎麼了？」

「你棄屍的馬車就在他家後院釀酒坊，他們又如何能置身事外？」裴行眞目光冷峻。

姜羅羅震驚痛楚的表情和反應都太眞實，好半天說不出話來，漸漸地渾身開始有著小小地、抑制不住的顫抖……是自責和悔恨。

「不，不該是這樣的，我明明把馬車帶了回來，藏在後院。」姜羅羅呼吸忽然粗重急促起來。「……等等，晌午我阿姊夫婦來過，給保兒上香，阿姊還拉著我在外頭說了好些話，叫我保重自己，說孩子也不願見我這般傷心自苦……」

「他們定是怕你把馬車留著，一下子人證物證確鑿，所以便支開了你，悄悄把馬車從後門拉回了酒坊後頭，還毀去車廂內躺屍的毯子，藉口馬車幾日前丟失，又被居心叵測的小賊給送了回來。」

原已是萬念俱灰的姜羅羅淚如雨下，粗糙布滿厚繭的大手緊緊摀住了臉，淚水一滴滴自指縫中滲流而出……

沒聽見他的哭聲，卻比嘶吼悲嚎還令人揪心。

「你身爲武侯，更該捍衛司法，對唐律有信心！」裴行眞神情凜冽，義正嚴詞、擲地有聲地道：「倘若人人都如你這般手起刀落、誅殺仇人，看著是快意恩仇了，但爲了個人渣把自己和至親之人搭了進去，值得嗎？」

拾娘原本還深深感佩著姜羅羅的男兒血性和俠肝義膽，但裴行眞振聾發聵的一記當頭棒喝，剎那間令人豁然開悟！

是啊，本就不該和行惡之人同歸於盡，正如先前張生案和盧氏案中，崔鶯鶯與陸娘子，霍小玉和淨持爲了報復懲治奸人，結果也犧牲了自己的大好性命……

固然其情可憫，但值嗎？不，當然不值！

「可唐律載明的是，即便祖父與父殺子，也可說是出自管教，即便毆殺，也只徒一年半……」姜羅羅放下了大手，露出血絲滿布憤恨絕望的淚眼。「一年半後，柳貫依然能大搖大擺地恢復自由，保兒一條命就白死了嗎？」

裴行眞沉默了，律法如此，世情如此，他也不能違心地爲之辯駁。

拾娘也有些沮喪起來。

姜羅羅重新振作了起來，雙眼中那兩簇幾乎消失的小火焰又熊熊燃燒了起來。

「所以某搭上這條性命，某心甘情願！」

「你怎就沒想過，柳貫若當初徒一年半，他能否眞正『大搖大擺恢復自由』？」

裴行眞眸光凝聚，銳利強大。

姜羅羅再一震。

「律法不可撼，但法外亦有人情。」裴行眞盯著他，慢條斯理道：「連聖人都能酌情審視，你又怎知父殺子，眞就能輕輕帶過？」

姜羅羅呼吸一滯……

「況且，徒刑需　鉗若校，京師隸將作；枷械沉，勞作苦，一個做慣計史又被女色掏空了身子的男人，你確定他能撐得過一年半？」裴行眞一頓，目光幽邃莫測高深。「你是武侯，三天兩頭過去『關切一二』，不也是律法情理之中嗎？」

那裡同樣服苦役的罪犯，人人都極有眼色，會有哪個不想奉承上官？又何須髒了自己的手？

拾娘猛然睜大了雙眼——這就是「殺人不用刀」的最高境界吧？

娘喂，阿耶說得對，這些文官多的是法子賣了人、人還幫忙他數銀子……

不過裴大人這番話，怎麼聽著這般賊痛快呢？

顯然姜羅羅也是眼界飽受衝擊，震驚茫然了好半晌……最後慢慢回過神來，神情是恍然大悟後的自慚和苦笑。

「某知罪。我會束手就擒，乖乖跟你們走，」姜羅羅長長吁出了一口氣，有著塵埃落定的悵然與釋懷，聲音隱隱含帶一絲脆弱。「但可否……可否請兩位大人押送在下之前，入內看一看我兒？」

姜羅羅心知此乃不情之請，但還是囁嚅懇求道：「我家保兒曾說過，他長大以後也要成為一個能匡扶正義、鋤強扶弱的公差，我這個義父讓孩子失望了，但兩位大人會是保兒最想成為的那種人，至少，能讓他在天有靈，看見這世上不盡全是無情無義之徒。」

「請。」裴行眞神色溫和。

拾娘也點頭。「就是你不說，我也想見一見那可憐的小郎君。」

「多謝兩位大人……」姜羅羅鼻頭又是一酸，高瘦挺直緊繃的身姿，在此時終於忍不住微微佝僂了下來。

裴行眞和拾娘心頭也是沉甸甸，跟隨著姜羅羅入了屋內。

只是即便在此刻，他們二人也沒放鬆一絲戒備。

見慣了凶惡詭詐小人無所不用其極的手段，倘若姜羅羅是大凶大惡者，利用一個孩子的靈堂設下圈套，意欲坑殺他們二人，乘機遁逃而走，也不是不可能。

只是廳堂確實只有一具小小的棺木，尚未封棺，裡頭躺著個雙目緊閉、面容慘白死黑的小孩兒。

小孩兒穿著布料極好的壽衣，嘴裡半含著塊中品的玉，看著彷彿就像是睡著了一般。

「我用粟酒擦拭保兒全身，以保他屍身暫時不敗。」姜羅羅取過一炷香正要焚起。「他身上的傷痕太多，我不願他下了黃泉後遭受側目，所以便用──」

「茜草入醋，塗抹全身？」拾娘開口。

姜羅羅一驚。「卓參軍也知道此法？」

「你當年在關內道任處決的劊子手，想必也跟積年老仵作學過一手吧？」

姜羅羅嘆息。「卓參軍明察秋毫，某輸得心服口服。」

裴行眞目光溫柔喜歡地看了拾娘一眼，嘴角微揚。

「我需要驗看一下小保兒的屍身。」拾娘卻沒發覺那道落在自己面上的視線，走到棺木邊，抬頭堅定地直視姜羅羅。

姜羅羅明白，兩位大人是不會只聽信他一面之詞的，然而他本就未撒謊，所以也就默默頷首，先讓到一旁。

她低首雙手合十默默對小保兒說了句——

……好孩子，得罪了，姊姊只想確定你義父所說屬實，也還你一個公道。

她小心翼翼地解開了孩子身上的壽衣，一一從小兒頭井、肩背胸肋肚腹等處細細檢查。

胸肋斷了五根，其中一根定是插入了小兒臟器之中，所以鮮血流出，鼓脹在小兒肚腹，讓小保兒肚子腹水屍水血水撐得高高……

拾娘眸光掠過一抹不忍。

儘管姜羅羅仔細用粟酒擦拭、保全屍身，如今二月天氣也涼，所以屍身腐敗速度並不快，但也已隱隱散發出屍臭之味了。

她並不在意，指尖宛若安撫地輕觸過小保兒胸肋間皮膚，果然在小兒皮肉上發現了細微突出的刺……

拾娘彎腰，用驗屍器械中的小鑷尖夾出了木刺。

——和柳貫右手指腹的木刺相同！

她手勢輕盈地幫小保兒穿回了壽衣，轉過身來。

「姜武侯，可否讓我看看你的手。」

姜羅羅雖然不明所以，還是順從坦然地伸出雙手。

眼看著拾娘就要摸下去，裴行眞陡然臉色微變，攔住了她，有些情急——

「這是要做甚？」

「屬下只是想檢查姜武侯指腹間有無木刺。」她疑惑地看著裴行眞。「大人，怎麼了？」

「我來！」裴行眞清俊臉龐表情嚴肅，一本正經地道：「男女授受不親。」

拾娘愣然，眨了眨眼——大人您腦子沒事吧？

這是在辦案，況且她摸過的男人（屍體）沒有成千也有上百了，要授受不親早就授受不親了……

裴行眞不管，他抓過姜羅羅粗糙的大手，一臉慷慨就義地親手摸過每一根手指的指腹。

「沒有。」他摸完，強忍著雞皮疙瘩，嚴肅地道。

姜羅羅則是從頭到尾呆若木雞，反應不過來。

「咳，既然來了，我與拾娘也給小郎君上炷香吧！」裴行眞袖手在後，走回靈前，突然開口。

方才呆愣愣的姜羅羅，情緒在這一霎又有些潰堤了。

他高瘦身子一顫，熱淚奪眶而出，努力死死壓制沉默了幾息，而後點了點頭，改爲取過三炷香點燃，其中兩炷，恭恭敬敬地奉予了裴行眞和卓拾娘。

姜羅羅自己也手持一炷香，對保兒靈前道：「保兒，這兩位正是刑部左侍郎大人和卓參軍，他們來看你了——」

姜羅羅喉頭哽住。

並肩立於裴行眞身旁的拾娘，眼圈也有些發紅了。

「好孩子，」裴行眞眼神溫柔而悲憫，執香輕聲道：「是我們這些大人沒有保護好你，讓你經受這世間的卑劣與傷害……但害你的人已經得到應有的懲罰了，雖說方式不對，可這是你義父爲你所做的，你生父所行既不堪爲人父，往後你在天有靈，當只管認你義父一人也就是了。」

姜羅羅已是淚流滿面……

香煙裊裊中，姜羅羅彷彿又見到了那個乖巧稚氣的小保兒朝自己燦笑，大眼睛忽閃忽閃，滿面歡喜地說：

……阿父，您回來啦？

◆

後來，姜羅羅交代了柳貫的頭顱，就藏在曲池江山林的某處樹洞中。

他帶著枷鎖，領著玄符和玄機與一眾衙役，果然趕在日暮關閉坊門前，把頭顱帶回刑部。

酒舖夫婦在刑部，隔著牢門看見被帶進來的姜羅羅，兩人都哭了……

他們知道姜羅羅自從小保兒被害後，就跟一頭喪了幼崽的公獸那般瘋魔。

夫婦兩人勸他報官，讓官差把柳貫這個沒人倫、喪良心的東西抓起來治罪，但姜羅羅卻偏偏入了執念，只說一定要親手爲小保兒報仇。

酒舖夫婦倆當年是靠著姜羅羅當劊子手，才有一筆豐厚資財來到長安經營酒舖的，對這個弟弟本就滿心感激和愧疚。

一向罕言寡語，只知埋頭做事的弟弟在收養了小保兒之後，一日比一日臉上笑容更多，每天活著都更有奔頭了，誰知他和小保兒父子緣分竟只有短短一載？

都是柳貫那個殺千刀的害的……

他們夫婦原本不知道今兒自己的兄弟殺人去了，但是日前他忽然來借馬和馬車，還只請他們對外只說是被偷了……

夫婦倆聽得心驚，怎麼勸都勸不回這個兄弟，卻是開始日日提心吊膽起來，暗暗祝禱著千萬別有事。

然而酒舖最多小道消息流傳，他們很快就聽說了青龍坊坊門下被拋下了具無頭屍，夫婦倆心中俱是一個喀登，急忙忙暫時關了舖子，就藉詞要去給小保兒捻香，實則打探。

果不其然，他們發現姜羅羅神情舒展，一看就是大仇得報的模樣，夫婦倆暗地商議，無論如何也得保住這個兄弟。

這才有酒舖娘子把姜羅羅引到屋外說話，酒舖店主乘機悄悄把馬車從後門趕回了自己酒坊後院。

兩家本就親厚，後門對後門僅有一小巷相隔，他們夫婦動作快，竟然也趕在了武侯衙役封鎖十四戶之前，成功把馬車偷渡了回去。

而後匆匆把毯子捲著塞進灶膛口燒了，在裴行眞和拾娘前來查案時，故意裝瘋賣慘……

姜羅羅本不後悔，可在聽了裴行眞一番訓誡之後，再看阿姊姊夫受他連累，如今也成了共犯，勢必得受牢獄之災。

高高瘦瘦的漢子低垂著頭，泣不成聲……

拾娘看得感傷，默默對裴行眞道：「還是得向尋常百姓廣普律法，否則他們受了冤屈，也只會用錯誤的方式爲自己抗爭。」

就連姜羅羅昔做劊子手，今爲武侯，尚且對唐律一知半解，雖敬畏王法，卻沒有眞正認知到，該如何藉律法之手保護自己。

說到底，便是世人畏法如虎狼，更有達官貴人們習慣知法玩法，這才叫百姓們吃了虧也有苦難言。

「我必親書奏摺，向聖人稟告。」他眸光熠熠，心中自有錚錚。「妳放心，我朝有明君賢臣良將在，大唐，必將遠遠不止於我們現在所看到的大唐……終有一日，定要實現眞正的律法公正、吏治清明、百姓安定！」

拾娘也被他說得心潮澎湃、熱血沸騰起來。

「好。」她仰望著他，總覺得眼前這高大清雅男子，彷彿渾身都在發光。

拾娘不知怎地，又開始臉紅心跳……

稍後，姜羅羅跪在公堂前一一交代了，他是如何在三日前把柳貫從家中打暈，刻意拿走算盤，再神不知鬼不覺地駕著馬車通過各個坊門，把人帶到了曲池江深處。

姜羅羅把柳貫綁了起來，本想等人醒了之後，先狠狠折磨他一番，痛罵他的狼心狗肺、不配爲人。

但畢竟怕夜長夢多，因此姜羅羅便趁著柳貫還暈著的時候，脫去他渾身衣服，押著赤裸的他垂首跪下，一個手起刀落！

而後是冷靜老練至極的收拾，用茜草入醋汁塗抹柳貫傷痕之處，再將之穿回衣褲，拖回馬車上……

姜羅羅對柳貫施斬首之刑，便是爲祭小兒在天之靈，他自知殺人償命，但他早想好了，他不投案。

只因他聽人說頭七之夜，逝去之人魂魄能回家看一看家人，所以他無論如何都想爲小保兒再燒這頭七的最後一炷香，讓保兒回來之時，能看到義父在家等他。

他又知刑部裴大人和新調進京的卓參軍，破案功夫了得，便索性折斷算盤，取赤紅木珠嵌於柳貫腰帶鉈尾內，看看兩位大人是不是眞如外界傳的那般神？

姜羅羅雖是武侯，胸間亦自有傲氣，他希望能夠抽絲剝繭捉到他的人，不是蠅營狗苟的欺世盜名之輩。

一枚算盤子……茜草入醋塗身……

他線索是給出去了，本以爲裴卓兩位大人還得大費周章，好一番折騰才能鎖定死者和兇手身分。

可沒想到，兩位大人竟來得那般快……

姜羅羅是眞的服氣了，但最令他銘感五內的是，他在被帶回刑部前，聽到裴大人低聲吩咐了護衛，讓其留下來幫小保兒處理好身後的安葬事宜。

姜羅羅一個沉默的大男人今日幾度痛哭流涕，他恨自己這個義父，居然忘了先讓小保兒入土爲安，若不是裴大人細心，等他入獄，他的小保兒又該怎麼辦？

裴行眞和拾娘連袂走出了大牢，看著夜幕四垂，聽著震蕩悠長的閉門鼓聲，心中仍有幾分鬱鬱……

等等，好像有什麼被他們忘了？

◆

道娘從來沒有這麼狼狽過。

她乖乖地在坊門下等，等著等著等著……然後武侯騷動、衙役急奔，她忍不住衝動地半掀車簾子，向部曲追問：

「可是捉到兇手了嗎？」

部曲之一趕忙前去打探，但想也知在裴大人的淫威……咳，嚴令之下，又有哪個敢多嘴走漏風聲？

——何況還有卓參軍的拳頭呢！

道娘咬著下唇，心神不寧，喃喃自語：「莫不會是我推測錯了吧？」

她有些想哭，好難得自己能貢獻所長，幫忙條分縷析案情，還得以令裴家阿兄另眼相看……可假若她猜錯了呢？那赤紅算盤子根本就不是那個意思呢？

那麼青龍坊七百步十四戶的追蹤，就不成立了。

會不會，她反而誤了裴家阿兄和卓參軍？

道娘心下惴惴，不安地連清心咒都頌唸了好幾回，可就這樣一等就是等來了閉坊鼓開敲……

部曲們也急了，再三催促她回府。

閉門鼓敲響結束後，若還有流連未歸的犯夜者，被捉到後當處鞭笞之行二十下；如若有吉、凶、疾病之類的「公事」，必須拿到准許出行的文書，才被允以在長安城內的街道上走動。

即便娘子貴為平壽縣主愛女，劉尚書掌上珠，也不能違反此令。

「稟小娘子，再不回去，我們恐怕便得困在這青龍坊裡，等天亮開門鼓響才能出得了坊門了。」部曲沉聲道。

他們部曲下人們不要緊，但小娘子矜貴之身，如果漏夜不歸，縣主和尚書大人必定心急如焚。

「好吧，」道娘自己也慌了，悵然地道：「我們回吧。」

只是等道娘回了府之後，少不得被縣主阿娘責問了幾句，她神情懨懨，眼圈紅紅，倒惹得平壽縣主心疼不已，忙住了口，摟著她直安撫。

「心肝兒，阿娘剛剛是急壞了，這才對妳這般疾言厲色了些，妳莫往心裡去，都是阿娘不好。」平壽縣主憐惜地摸了摸她蒼白的小臉。「怎麼了？怎麼神色不好？是不是今日在外頭吹了風，著涼了？」

「阿娘，我很好。」她溫順地偎靠在母親的懷裡。「是道娘不對，讓阿娘擔心了。」

「妳今日不是去刑部送飯食嗎？怎麼？沒見著妳裴家阿兄嗎？」

「見著了。」她有些精神一振，小臉酡紅，微微激動地握住母親的手。「阿娘，我還幫忙辦案了呢！」

平壽縣主心下一跳。「妳好端端的去幫忙辦什麼案？那些案子都是些凶神惡煞嚇殺人也的，妳自小性子和軟，哪裡見過那些——」

「我不怕。」道娘玉頸一昂，難得堅定地注視著平壽縣主。「阿娘，您瞧見卓參軍英姿颯爽、威風凜凜的模樣，而且她好厲害，敢剖驗屍首……」

「無量壽佛，大晚上別說那些，阿娘是不怕，萬一嚇著妳了怎麼辦？」平壽縣主餘悸猶存。

這個小女兒自幼三天兩頭生病，要不就是在園子裡也能衝撞花神，夜裡就起了高燒。

最終還是恭請了龍興觀的老道人來，收了小女兒的寄名符兒，在道觀裡掛個記名弟子，後來她果然一日日好了起來，無災無病，平安順遂長大。

也是因爲如此，小女兒的小名才取作「道娘」。

「阿娘別操心，刑部內正氣凜然，又怎會有什麼邪祟？」她笑吟吟道：「況且卓參軍也是女子，她都不怕，女兒自然也不怕。」

「卓參軍當年是參加過陰山之戰的少年女將，殺的敵人多得去了，一身煞氣的，邪祟也只有怕她的份……」平壽縣主嘀咕。「我家的小嬌嬌兒怎麼能與她相比？拾娘呀，那就是匹紅鬃烈馬……不，不對，她就是一頭狳猁呢！」

道娘心頭一酸，囁嚅道：「阿娘，您也覺得我不如卓參軍？」

「妳們兩人不一樣。」平壽縣主摸了摸小女兒的頭，柔聲道：「妳有妳的好，她有她的好，女子之間比這個就沒意思了，要比，咱們當與男人比才是！」

道娘眼睛亮了起來。「阿娘說得是，所以往後我也能做男人做得到的是，我定然能幫上裴家阿兄的忙的。」

平壽縣主聽得瞠目結舌。

她、她剛剛不是這個意思呀！

看來，平壽縣主今晚得愁得睡不著了……

✦

這一夜，注定夜不能寐的人很多。

親仁坊一品大將軍府邸裡，書房之中，高壯魁梧、霸氣凜然的李郭宗李大將軍身著紫色常服，腰配以玉，正若有所思地摩娑、把玩著拇指間的漢玉扳指。

而一名中年青衣男子兩股顫顫地跪伏在地，冷汗涔涔，不敢抬頭。

「你說，人跑了？」

「回、回主人，那紅綃太過狡猾……」中年青衣男子一抖，像是想起了什麼，又趕緊稟道：「不過奴已經命人查到了，今日帶紅綃逃跑的胡服女子所騎雪色大宛馬，京中只有幾家能有，奴都錄列在名冊上了，還請主人一觀。」

李郭宗對下首一名心腹侍從微一頷首。

該名侍從從中年青衣男子手中取來了薄薄的一冊，卻沒忙著奉上，而是仔細反覆來回檢查，確認安全，這才恭敬地送上。

「主人。」

李郭宗接過，深沉老練飽含閱歷的眸子掃過錄冊上的府邸人名，不由一怔！

「還有崔相府上？」

「是。」

李郭宗想也不想地搖頭。「不可能是崔相，長安誰不知崔相家專出郎君，盼了多久都沒能出個小娘子。」

中年青衣男人遲疑道：「主人說得是，但裴侍郎這些時日來，常與借調入京的蒲州參軍卓拾娘同出同入……」

李郭宗撫鬚一笑。「本將軍知道，那是老卓家的虎崽……當年陰山之戰，小拾娘一箭射斷頡利可汗的王旗，大挫東突厥士兵氣勢，話說回來，要不是我那幾個不中用的兒郎都娶妻生子了，小拾娘就合該是我李家的好佳媳才對。」

見主人臉上浮現罕見的讚嘆與慈祥之色，中年青衣男人一凜，忙道：「是、是，如此奴就明白了，這就將搜查目標往旁——」

「不。」李郭宗微笑。「長安貴女馬上功夫俊的固然不少，但能矯健神勇如斯的，屈指可數……小拾娘那裡，你不用管了，我讓文副將去便是。」

「主人？」

「文副將一到，小拾娘就會知道是我的意思。」李郭宗鬍鬚微翹，意味深長道：「至於這名冊上的其他家，你命人敲打一二也就是了，若找著了以後，便看看是哪家的女眷膽敢助我大將軍府上的逃奴？我倒要與她們家中尊長父兄『請教請教』。」

「喏。」中年青衣男人拱手躬身。「奴領命。」

待中年青衣男人退下後，李郭宗一改適才的威儀凜凜，高貴不可近，略顯疲憊地揉了揉眉心。

侍從面露憂色。「主人，奴再讓醫官煎一服獨活麻黃飲來——」

「不必了。」李郭宗不在意地擺了擺手。「只是老症候，死不了。」

「可是——」

「你放心，在我要做的事情還沒做完前，閻王老兒還休想收了老夫這條命走。」

李郭宗慨然一笑，起身負手走向內室牆面上，垂掛著大片羊皮拚縫而成的朔方輿圖前，銳利如蒼鷹的眸子內蘊涵太多太多……

有懷念傷感，是雄心也是燃燒的野望。

侍從默默恭立身後，半晌後低低問：「主人，那紅綃，當眞可信嗎？」

「永遠不要小看女子。」李郭宗側過首來。「況且，她和我一樣，沒有後路了。」

「如果她並未背叛主人，那為何在曲江池卻藉故逃離？」侍從不解。「她在主人面前請命，說半年後的今日花朝節，必定完成任務。可如今看來，若非她的任務失敗了，就是她已經叛變。」

李郭宗笑笑。「我本就沒指望今日她能與趙鶴接頭時，交出東西。」

侍從愕然。

主人向來運籌帷幄、老謀深算，但趙鶴是這一品大將軍府的管家，也是主人倚重多年的親信之一。

所以主人此番言下之意，究竟是劍指紅綃還是趙鶴？

但侍從知道主人胸中自有成算，他今夜多嘴問的這幾句，已經是斗膽僭越。

主人就是主人，他只要永遠追隨在主人身後，以主人的意志爲意志就對了。

# 第六章

風沙滾滾，旌旗獵獵……

空氣中濃濃的血腥氣息甫散，夜裡繼之而起的是熱烈的篝火和歡聲雷動。

在唐軍密密麻麻的營帳另一端，是一頂頂型式迥異的蓬帳……

很快地，酒香肉香瀰漫四周，男人們勾肩搭背，互相熱情地槌打著對方強壯的胸膛，不知誰說了句「娘的，你這胸比葛家的奶子還大！」，瞬間惹來對方一陣哄笑追揍！

場上還有兩方衣著不同的男人們鼓譟著，或在角抵，或在比試拳腳功夫，更有一時興起掄起了紅纓槍，快速勾、刺、甩、挑，對陣得虎虎生風。

有的士兵拄著拐杖，不顧受傷還在滲血的腿腳，興致勃勃地在一旁喝采助威，後來被醫士怒氣沖沖地拎著耳朵逮了回去，臨走前還不忘偷抓了一隻燒雞腿，連聲討好告饒。

「醫士……醫士先讓俺吃口肉先，俺好幾天沒沾半點葷腥了，這上吊也要吃飽飯啊！」

「吃個屁！」醫士全無形象地開口大罵。「都說了你那腿還沒包紮好，血都滴了一路，索性待會兒叫火頭兵接你一盆子的血做『辣子蒜血湯』吃吃好了。」

士兵們聞言哄堂大笑。

這麼一打岔，比武的也比不下去了，都忙著笑罵那個來搗亂的。

可人人都無比珍惜著眼下的安然時光……

若不是用兵如神的大帥李靖帶領著他們夜襲陰山，用最少的兵馬、最少的傷亡，獲得了最大的勝利。

打敗東突厥軍，俘虜頡利可汗，最終平息了和東突厥這一場綿延千里、廝殺多年的戰火。

不知何時，漸漸的，有個粗獷豪氣的嗓子率先開始唱起了熱血激昂的曲子——

……受律辭元首，相將討叛臣。咸歌〈破陣樂〉，共賞太平人……

接著越來越多唐軍雄偉壯闊的男兒歌聲加入，剎那間氣勢恢弘、壯志凌雲直衝九霄——

……四海皇風被，千年德水清；戎衣更不著，今日告功成……

這是「秦王破陣樂」的詞，也是大唐兵將們耳熟能詳的軍歌。

其中參雜著一個稚嫩而堅定的女聲，清晰嘹亮跟著唱著——

……主聖開昌歷，臣忠奉大猷；君看偃革後，便是太平秋……

太平人，太平秋，這是全天下黎民百姓所共同的期盼。

願從此世間再無戰火，願天下四海昇平，萬物安寧……

紅綃陡然從夢中驚醒過來，嬌容一陣恍惚。

怎地做起了這個夢？

她暗暗苦笑了一聲——果然見不得故人，那本就該遺忘了的，就會如舊日鬼魅般不死不休地尋了過來。

紅綃裹著輕紗，半裸酥胸，靠在熟睡的崔昭懷裡，抬眼看著身側這個擁著自己男人。

容貌英俊年輕，體魄修長精壯，是個好情人……

只可惜啊！

她傾聽著男人微微的輕鼾聲，顯然是累極了睡得正沉，嘴角勾起了一絲不知是諷刺還是自厭的笑。

紅綃想著在今夜的翻雲覆雨前，男人有多麼享受她的紅袖添香，摟著她的柳腰，硬是要她坐在他的大腿上，然後手中狼毫寫著寫著，就落到了她的胸前。

那冰冷溼軟的墨漬，漸漸在她雪白酥胸前綻開了一朵朵妖嬈的花……

嗤，男人。

紅綃譏誚的微笑斂起，小心翼翼地離開了男人懷抱，坐起身子，無聲無息地赤玉足下了床。

她豐潤如凝脂的手臂撈起一旁的絳紅綢面披風，裹住了僅著牡丹花繡抹胸和羅裙的身子，套上軟緞鞋，緩緩出了臥房。

紅綃悄然地回身關上了門，攏緊了領襟，款款拾梯而下，走在暗暗飄散著花香的園子裡。

她抬頭望著黑夜裡那一絲彎彎既朔月……

長安的月，一點兒也不好看，沒勁兒。

她還是喜歡家鄉的月亮，又高又廣，又大又圓，亮得彷彿能照進人心裡去。

紅綃幽幽嘆了一口氣，驀然眼角餘光瞥見了一個黑影，霎時摀住了小嘴，險險驚呼而出。

「對不住。」隱藏執哨的精瘦黝黑男人，步履悄無聲息，踏出樹影下的一步，露出的是他黑白分明的深邃眸子，眸底是一縷歉疚。「紅綃娘子，是奴嚇著妳了。」

紅綃一見是他，明媚大眼睛亮了一亮。「磨勒……怎麼又是你執哨？你就沒有歇息的時候嗎？」

磨勒沒有再向前一步，而是停留在原地，始終保持著恭謹退避的距離。「這是奴的本分。」

紅綃凝視著他，眼裡似有千言萬語。

磨勒卻沒有看她，只是又執手恭敬一禮，而後又要退回樹影之中。

「磨勒——」

他腳步一頓。

「你想家嗎？」她輕輕開口。

磨勒不發一言。

紅綃似也習慣了這膚色黝黑的崑崙兒青年，沉默巍峨挺立如山。

可她永遠記得，那個晚上就是他一個人左右揹著她與崔昭二人，肌肉賁起強勁虯然如鋼鐵，腳尖一踏凌空而起，宛如大鵬鳥般負著他們倆飛越過重重高牆跨院……

一品李大將軍府重兵駐守，卻無人能發現他們，磨勒快得像一道瞬息而過的暗光，一隻上古傳說中的魅……

她那時緊緊摟纏住他的頸項，竟有說不出的安心，完全沒有注意到另一旁緊緊挨靠著自己的崔昭，正嚇得冷汗直流，俊臉發白。

只是她和他的親近，也就只在那一夜，短短的流光。

等他們遠遠地離了一品大將軍府後，回到了崔府別院的馬車上，崔昭這才回過神來，挺起胸膛，不由分說地將她圈入懷裡，滿口憐惜大言不慚地道：

「紅綃，我護著妳，妳莫怕！」

「謝崔郎，往後奴奴也只有妳了……」她怯生生嬌柔柔地偎在他胸前，目光卻自有意識地望向了外頭那個安靜駕馬的黝黑男人。

身邊的崔昭已經開始叨叨絮絮訴說著，說自己是執掌於牛刀的十名千牛備身之一，聖人也曾讚許過他「英雄出少年」云云。

還說他是崔府的繼承人，是連阿耶都認可的未來家主，說日後紅綃跟了他，可安心享榮華富貴，他絕不會辜負她……

紅綃只覺得他吵得慌。

「郎君眞是了不起。」終於，她再也忍不住嬌聲提醒。「對了，我們能有今日，也該好好感謝磨勒才是。」

崔昭一呆，自失地輕咳了聲，紅著臉道：「是是是，妳我今夜有情人終能團圓，多虧了磨勒！磨勒，明日一早你便到管家跟前領二十金，十匹錦帛，這是我和紅綃娘子的謝禮。」

「……謝郎君和紅綃娘子。」磨勒握著韁繩穩健策馬，默然一瞬，低聲道。

「你忠心護主，爲主分憂，我都是看在眼裡的。」崔昭笑道，語氣裡卻充滿著令人不適的高高在上。「回去就賞你十金，犒賞你今夜之功。」

——這就是大唐名門貴冑子弟們慣常的「驕傲與底氣」！

紅綃收回飄遠了的思緒，看著眼前男人，柔聲再問：「……磨勒，你的家鄉是什麼樣子的？」

磨勒靜默了一下。「是個島，很熱，大海包圍，果子很多，我們很窮，但過得很快活。」

「那你是怎麼會來大唐的？」

「我賣了我自己。」磨勒接下來又沉默了很久很久，才又開口，只是聲音低不可聞。「我來大唐找我阿妹。」

紅綃一呆，這還是她這半年多來，頭一次聽見磨勒提起自己還有家人。「你阿妹也在大唐？」

「嗯。」他眸子低垂，藏住了隱痛和憤恨。

「那麼你找到你阿妹了嗎？」她脫口而出，隨即一嘆。「不，你們兄妹如果已經團聚，你不可能還在崔府為奴。」

磨勒驚愕地望著她。

紅綃美眸閃亮得令他有些不敢迎視，只聽得她一字一句道：「你武術通神，忠直俠義，自有錚錚鐵骨，本就不該為奴。」

磨勒胸中熱流激蕩，有半晌說不出話來。

而後他抑住眸底酸澀之意，低低道：「謝紅綃娘子不曾鄙視我等崑崙兒。」

「降生爲崑崙兒又如何？」紅綃有些激動，冷笑道：「這天下飛禽走獸，花鳥魚蟲，芸芸眾生，哪條不是命？」

磨勒看著她，深受震撼。

紅綃高聳酥胸劇烈起伏，但她發現磨勒在注意到這一幕後，便連忙轉過身去，不敢唐突於她。

她臉頰微紅，心頭卻是一暖，忍不住再追問：「所以，你一直在崔府，是因爲崔家人答允了幫你找人嗎？」

「是。」他點點頭。

「以崔府的能力，在長安權貴名門間也算是有點牌面的，如果你阿妹也在長安某個門閥世家的府上爲……」她頓了一頓，忙改口道：「總之，我聽崔……說你在崔府五年了，沒理由還找不到你阿妹的。」

「長安有百萬眾，」磨勒低聲道：「不只權貴百官府邸之內，便是鬼市也有不下數萬人，沒有手實，不入籍書，不得見人，要找阿妹……比我想像中還難。」

況且，崔府不可能爲了他一個卑微的崑崙奴去戶部調閱籍書，能夠允他借崔府名義四下打探，已經是恩德了。

磨勒也想過，倘若長安城內眞的再尋不到阿妹，他就辭別崔大人和崔郎君，走遍貞觀十道。

生要見人，死要見屍，只要他還有一口氣在，就不會放棄阿妹。

她看著他。「……我有些羨慕你阿妹。」

磨勒不解。

「如果有一天我消失了，」她神情黯然，語帶感傷。「會有人拚盡一切地尋我嗎？」

磨勒有一霎的怔忪。

「不會的。」她忽然笑了，笑容一閃而逝，既絕艷又淒涼。

「妳，想回家嗎？」他遲疑了一下。

「我想。」她黯淡的美眸剎那間又明亮了起來，燦燦然如明星，好似即將萎靡凋零的花兒，瞬間又逢仙露，生機再現……

他正要開口，就見她笑容燦爛地問：「磨勒，如果眞有那一天，你會來看我嗎？」

他呆住了。「我──」

紅綃卻不等他回答，也許是不想從他口中聽到拒絕之意，在說完了那句話後，便紅著臉踮著腳尖，宛若月下令人驚鴻一瞥的美艷花妖精靈般，翩翩然而去。

磨勒有一瞬間，覺得今晚的一切只是場夢境……

✦

然而，磨勒卻注定無法對那個嬌甜嫵媚又眼含輕愁的女郎，說出他的答案了。

因爲翌日，當他隨扈崔郎君入皇城上朝當差後，習慣性地在皇城朱雀大門前與道坊口等著，候崔郎君下差後再一路護送回別院。

只是崔郎君下差交班之時，卻和幾名千牛衛有說有笑地並肩走了出來，笑著對他道：

「磨勒，我要與公孫三郎他們去平康坊飲酒，你先回去別院。對了，千萬別跟……咳，總之，『家裡人』問起，就說我回府裡一趟，知道嗎？」

磨勒心下微微一沉。

他自然知道郎君要去平康坊做甚。

平康坊之內有三曲，富貴公子們最喜愛去上曲尋芳問柳，據說那裡有著全長安城最美最艷、最勾魂奪魄的優伶美妓，琴棋書畫俱是一絕，還有令人目眩神迷的胡旋舞、刀舞、凌波舞、驚鴻舞……

只是，自從半年前崔郎君得了紅綃娘子後，就再也沒有去過平康坊。

磨勒以為郎君真如他自己所說的那般，心悅紅綃如命，若此生能得紅綃，便心滿意足矣，誓言再不看二色。

難道郎君所謂的心悅、不二色，也不過只維持了短短半載嗎？

「磨勒，你聽見沒有？」偉岸英俊的崔昭濃眉緊皺，低斥了一聲：「我吩咐你做事，你竟然走神？」

「奴有錯，奴知道了。」磨勒只得收束心神，躬身領命。

後來，見一群意氣風發的青年打馬嘻嘻哈哈走了，磨勒佇立在原地，良久才踩著隱隱有些沉重的腳步登蹬上馬，往別院方向趕去。

誰知當磨勒回到別院，卻見別院裡裡外外氣氛詭異，人人滿臉萎靡驚懼……

他心下一個咯登，忙抓住一個下人問：

「發生什麼事了？」

下人苦著臉。「大人知道了！」

他一驚。

「大人知道了郎君藏了一個美姬在別院的事，剛剛怒氣沖沖地領著部曲來把紅綃娘子押走了！我們……我們也不敢攔，大人還說等處置了紅綃娘子後，轉過頭來就要跟我們這些奴僕……好好算這筆帳！」

下人都快哭了，磨勒卻顧不得安撫，冷著臉立時轉身往外衝。

「磨勒，你要去哪兒？」

「救人。」

磨勒策馬狂奔，一路上被風狠狠刮痛了面龐，他也絲毫未覺，腦中只想著——

快點！要再更快一點！

理智上，他明白該先去往平康坊尋崔郎君，崔郎君是大人的愛子，只要崔郎君堅決要護住紅綃娘子，紅綃娘子定然不會有事。

可他還是第一時間決定闖崔府，先救下紅綃娘子！

她只是一個手無縛雞之力的嬌弱女郎，如果崔大人一時下了殺心……

磨勒呼吸困難了起來，他一咬牙，索性棄了馬，縱身一躍上了櫛比鱗次的屋簷之上，身形騰飛如鷹隼，起落輕點快如閃電。

而就在不久前，崔倧臉色鐵青地命人將懶洋洋嬌慵未起的紅綃，一把從兒子崔昭的床榻上扯了下來。

紅綃滿頭烏黑長髮披散如緞，就算在驚慌失措之時，仍掩不住風華絕代之色。可看在崔倞眼中，活脫脫就是來蠱惑愛子的紅顏禍水！

「把她的嘴給我堵住，捆了！」他毫不留情怒喝一聲。

「喏！」

「不……」紅綃嚇得起身就想跑，嬌喘吁吁，對著瑟瑟發抖跪伏在角落的那一名女婢，高聲呼救。「朱兒，快去找崔郎……救我……」

被她點著名的女婢抖得更加厲害了，努力鼓起勇氣抬頭迎視她淚眼求助的眸光，欲言又止，最後還是只能咬著豐潤的唇，白著臉，低頭縮了回去。

雖然紅綃娘子平日待她也很是親善，可她是奴，大人才是主啊！

「求求妳……」紅綃眼神越來越絕望，儘管她身形再靈巧閃躲得再快，又如何及得上好幾名部曲大男人撲上來抓人？

家主在此，即便紅綃容色傾城，再是楚楚可憐，也沒哪個膽敢違抗家主之命！

很快的，紅綃還是被牢牢綑住了，她滿頭香汗淋漓、淚水漣漣，最後轉爲目光哀求地仰望著崔倞。

崔倞卻越看越是心驚。

此女姝容絕艷至斯，饒是他閱人無數，自負心性剛硬不可撼動，可此刻對上她的梨花帶淚、我見猶憐……竟也有一霎的色授魂與，心神蕩漾。

——這樣的絕色，無怪乎是李大將軍的心頭愛寵！

去歲，大將軍是礙於那能擊殺曹州孟海猛犬、掠美姬無聲無息、如入無人之境的「俠客」，生怕其報復，這才忍氣吞聲按捺了下來，只命家僕暗中尋找美姬下落便是。

若讓李大將軍知道了，原來紅綃就是他府中崑崙奴所擄，還是爲了成全他獨生愛子崔昭的一片癡心……

崔倞不敢再想下去了。

他腦中頭一個生出的念頭就是——殺了紅綃！毀屍滅跡！

只是殺令已在嘴邊打轉……最後，崔倧終究還是克制住了心中暴虐的殺意。

因爲他心知肚明，紅綃在崔家別院半年，已是板上釘釘的事實。

一旦消息走漏出去，他殺紅綃，反成了他故意挑釁、蔑視李大將軍威儀臉面的「鐵證」。

「……把人押上馬車，祕密帶回府裡。」最後，他嗓音嘶啞吩咐。

無論如何，他都得先把紅綃穩住。

既然她那般戀慕崔昭，不惜出逃也要死心塌地跟著他，在別院這半年沒名沒分的也無怨尤。

或許他可以藉著這一點威逼利誘此女，只要她肯在李大將軍面前自己認下所有罪咎……他就設法勸大將軍君子有成人之美，全了他們這對小兒女的情意。

世上女子多癡心，自然無有不肯的。

崔倧目光晦暗幽微，透出層層盤算。

「喏！」

兩輛馬車一前一後，在部曲的簇擁保護下迅速駛出了別院。

只是萬萬沒想到，這怕什麼偏偏來什麼？

崔倞盤膝坐在車廂內，正閉目養神，想著該如何將此事前後「周全」妥當，前方部曲緊張地壓低聲音來報：

「主人，前頭好像是李大將軍的車隊！」

崔倞腦子嗡地一炸，猛然睜開蒼眸。「馬上避入巷中，等大將軍車隊過去，車上族徽牌子也立刻摘下！」

「喏，喏！」

李大將軍車隊浩浩蕩蕩而來，數十乘鐵騎精兵悍馬，前後簇擁拱衛著當中的那輛氣派非凡、寬敞威嚴的雙駕馬車。

崔倞屏息，悄悄掀開車簾的一小角，偷偷窺探……

他心下一沉。

這輛雙駕馬車是用上好楠木雕鑿而成，內藏玄機，遇到刺殺等危險時，便有玄鐵打造的鋼板四面豎起，哪怕敵人動用重弩，也射不穿車廂。

此機關唯有宮中密匠能造，聖人只命人做了三輛這般規格的馬車，而其中一輛正是賞賜給了功勳蓋世的一品李大將軍——李郭宗。

對了，早朝之前，他還聽李大將軍和武將列隊中的左領軍程大將軍閒聊起，散朝後相約要去京郊打獵來著。

只沒想到，竟在這裡撞上了！

崔倞越緊張越發冷靜，他腦中已經閃現了數個備用策略……

長安街道十字縱橫如棋盤，朱雀大街上李大將軍這聲勢赫赫的車馬隊伍所過之處，自然人人退讓。

終於，崔倞一行人等到了李大將軍車馬隊伍遠遠走了，他長長鬆了一口氣，不願承認自己也愍出了一頭冷汗來。

「走，馬上回府。」

不能再耽擱了，他得在李大將軍打獵回長安城前，料理乾淨此事，把彌天禍患掐滅殆盡！

◆

磨勒流星趕月般地回到了崔府。

他毫不費力地躍過高高朱牆，彷若一片落葉般輕飄飄落在正院前庭，無視眾部曲攔截，沉聲恭敬大喊：

「崑崙奴磨勒，求見主人！」

「磨勒你豈敢?!」

部曲們齊齊驚怒大喝，但也因他鬼魅無雙的駭人身手，始終無人敢眞正上前動用武器。

磨勒還在崔府之時，部曲中就無人能勝過他，即便是群起而攻，他們都無法在磨勒手下走過數十個回合。

那還是磨勒赤手空拳，只做小小切磋。

「磨勒！」正堂大門，身姿頎長、氣度從容的崔倞負手緩緩踏步而出，通身一派溫文儒雅，更有不怒自威之勢。「你還記得誰才是你的主人嗎？」

磨勒拱手跪下，仰頭道：「主人，磨勒不敢忘。」

「你入我崔府五年，契紙之上雖然只有五年主僕之約，可我自問待你不薄，你就是這麼『報答』我的？」崔倞目光如炬，聲音沒有提高，卻字字壓迫得令人冷汗涔涔。

磨勒黝黑面上掠過了一抹愧疚，但儘管他賣身為奴，內心仍有一把尺度，無關貴賤高低，只論公平道理。

「主人，磨勒不敢，只是紅綃娘子乃郎君心愛之人，請主人看在郎君的面上……」

「我還沒同你算帳！」崔倞低聲斥喝道：「滾進來。」

磨勒起身，默默跟了進去。

崔倞讓人緊閉門戶，命心腹看守在外，見磨勒又自覺地跪在了面前，再也忍不住暴怒地提腳重重踹了上去！

磨勒沒有閃躲，硬生生挨了這一腳。

崔倞指著他，壓低聲音恨恨道：「誰給你的膽子？一品李大將軍府上的美姬，你也敢劫？」

磨勒低垂著頭，沒有為自己辯白。

「我尚且不敢仗著和李大將軍有多年知交之情，就覺得自己在他跟前有三分臉面，」崔倞怒極反笑。「你又是個什麼東西？不過是小小崑崙奴，有一身好武藝就能在長安為所欲為了？」

磨勒腰背伏得更低了，輕聲重複。「磨勒不敢。」

崔倞眼神冰冷，居高臨下地盯著他。「我兒年少，向來待人熱忱，他敦厚良善，可這並不是你們設計、利用他的理由。」

磨勒一僵，茫然地抬頭。「不——」

「我看明明就是你和紅綃私通有情，卻哄騙得我兒出頭做了你們的遮羞布，」崔倞痛心疾首，半是威逼半是恫嚇，似真似假地斥道：「如果不是我今日都查了清清楚楚，你們還想把我崔家兒郎欺瞞、陷害到何種地步？」

「主人！」磨勒震驚萬分。「奴與紅綃娘子並未有私情！」

「哼！」

「……她身如漂萍不由自己，當初若非得郎君憐惜，她也沒有逃出樊籠的一日。奴自知行事莽撞，沒有把事情做得周全，這才引來主人擔憂驚疑，但主人放心，磨勒會擔起此事，決不會連累崔府上下。」

崔倞眼神莫測高深，半晌後冷冷一笑。「你以為，得罪了李大將軍，大將軍還會饒過你嗎？不只你，紅綃也是。」

「主人——」他心焦疾喚。

「我已命人捆了紅綃，待會兒就親自押送她回一品大將軍府，向大將軍告罪。」

崔倞想起剛剛命管家趕緊準備的大批賠禮……

饒是鐘鼓饌玉如崔府，可一下子就送出了兩對尺高的瑩潤火紅珊瑚樹，整整一大匣子東海明珠，一匣子翡翠，還有兩匹通體赤紅的大宛馬，一對漢代寶劍，一處鄰近驪山的溫泉莊子等等……眞眞令他肉痛不已。

只是李大將軍從來不是眼皮子淺的，他征戰沙場多年，不說歷年來聖人賞賜下來的名馬珠寶，就是每打一場仗，到手的戰利品還能少了？

所以他勢必得拿出誠意，大大出血一番，在李大將軍面前還能有一點情面可說。

「……主人，您捆我吧。」磨勒拳頭緊握，喀喀作響，內心掙扎了一瞬，終究衝口而出。「李大將軍那裡，我去認罪，但此事與郎君和紅綃無關，一切罪咎只在奴一人。」

他認打認罰，只要能讓李大將軍出氣，只要……能留得他一條殘命，讓他還能踏上尋阿妹之路即可。

紅綃……她又做錯了什麼，需得經受這一切折辱？

她什麼都沒錯，只不過是因爲當初生得美豔，就被朔方武官逼迫送給了李大將軍爲姬妾。

又有誰問過她願不願了？

磨勒撇開內心深處那一絲絲的……無法言說的心意，但更多的，還是對紅綃那物傷其類的不忍。

「你以爲你就能逃得了嗎？」崔倞嗤了一聲，目光森冷。

就在此時，忽然外頭響起了陣陣騷動，是鳴鑼救火的刺耳聲響和急促驚慌的腳步聲，還有奴僕部曲們慌亂高喊——

「失火了！」

「救火，快救火！」

「來人，快取水——」

「這火怎麼一下子竄得那麼大？你們都是死人嗎？怎麼就讓整座廂房都燒了！快救火，千萬別讓火延燒到我花房啊！天老爺，我的牡丹、芍藥和蘭花……」

裡頭竟還夾雜著向來溫婉優雅、知書達禮的崔夫人，氣急敗壞的尖銳斥喝聲。

崔倞大驚失色，二話不說急急大步衝出正堂，看見花園後院火光沖天的某處，心下一沉。

那裡……正是關押著紅綃的繡樓廂房！

崔夫人平素是個高雅雍容的美婦人，此刻卻渾身抖如篩，臉色慘白，在見到自家夫君的當兒，忍不住哭著朝他捶打撒潑起來——

「都是你這個老不修的，我爲你養兒育女，吃了那麼多苦，你如今卻抬了個賤人來打我的臉面，今日就是拚著一把火把那狐狸精給燒了，我也……」

「妳放的火？」崔倞頓時火冒三丈，怒不可遏。

崔夫人心虛了，咬著唇囁嚅後退，心虛地不打自招。「我，我當眞只是嚇嚇她的……」

崔倞氣得高高揚起手，可眼角餘光霎時閃過一抹影子。他愕然望去，竟見原先跪在裡頭的磨勒不知何時，早已撲向了那頭的大火！

# 第七章

磨勒掠足經過花房時，劈手就從救火的僕役手中搶過一木桶的水，將自己從頭到腳淋溼！

而後他撕碎了一節溼答答的衣角縛在頭面上，毅然決然衝進了著火的廂房內——

火勢太大，熊熊熱浪不斷迎面撲騰而來，儘管他身上都溼了，仍然感覺到所有水分在轉眼間幾乎被炙烤殆盡！

崔倞面色難看地在烈焰沖天的廂房前，他忽然轉身，狠狠甩了崔夫人一巴掌！

崔夫人摀著劇痛紅腫的臉頰，再憋受不住委屈地痛哭了出來。

「我就知道你是嫌棄我人老珠黃了，如今還在這麼多下人面前對我動手！好你個崔倞，我父兄不過這兩年仕途不順了些，你就想過河拆橋了是不是？」

崔倞氣得臉紅脖子粗，哪裡還有平素文官的謙謙風度，他只恨自己忙於朝政，懶怠管束府中後院。

府中夫人嬌氣些也就罷了，反正一個沒腦子的貴婦人，想鬧也鬧不出什麼花樣來。

但是他錯了，原來一個蠢貨能闖的禍，遠遠比他預想到的還大！

「要是今日紅綃真死在了廂房裡，妳就收拾箱籠回娘家思過去吧！」崔倞狠盯著她。

崔夫人打了個寒顫，頭一次發現自己的枕邊人眼神居然能這般冰冷無情，彷彿是在看著個死物一般。

崔夫人心下恐懼，哭也不敢再哭了。

她只是收到了消息，說大人今日勞師動眾地「親迎」了一個嬌豔不可方物的美人兒入府，還藏在了後院花房旁的小繡樓廂房內。

崔夫人本就善妒，又仗著出身高，哪裡忍得了這樣的事？所以她浩浩蕩蕩地帶著自己的陪房嬤嬤和女婢，直接打上了門去。

那女子果然極美極豔，窈窕如水蛇的身段一看就是個天生媚物，被她喝罵了幾句還敢淒淒婉婉地辯解。

崔夫人怒上心頭，隨手抓起花案上燃燒著的雁足燈臺，就往美人花容雪肌上湊去，威脅要燒了她的臉。

結果也不知怎麼弄的，兩相推拒間，只聽女子慘叫了一聲，然後雁足燈臺落地，裡頭珍貴的蘭膏隨著火延燒了起來……

她驚慌失措地在陪房嬤嬤和女婢簇擁保護下，及時奪門而出。

崔夫人嚇都嚇死了，等她回過神來，小繡樓廂房已是熊熊大火。

「阿郎……」崔夫人面色如土，囁嚅道：「你我夫妻何以至此？即使我今日行事過激，你都打罵責罰過了，難道你真的要為了一個小小的姬妾休妻嗎？」

崔倞胸膛劇烈起伏，強忍怒火。

他自是不可能為了兒子姬妾之死就休妻的，只是這個姬妾一死，他當真在大將軍面前就更解釋不清了。

崔家若不是對大將軍有了二心，又怎敢縱容兒郎先奪其妾，再殺其妾滅口？

崔倞太陽穴疼得突突直跳，如今他也只能盼著那萬分之一的可能，身手不凡的磨勒能夠及時救出紅綃！

火場中，那個黝黑精瘦身影又奔躍了出來，幞頭已被燒去大半，露出了本就微微鬈曲的黑髮，衣衫上星星點點都是火苗吞吐留下的大小黑洞，身上還冒著白煙……

可磨勒卻依然神情沉靜，彷彿方才不過是閒庭信步了一圈回來。

只是他手裡空空如也……崔倞見狀，心中重重一墜。

「裡頭沒人。」磨勒沙啞開口。

崔倞倏然睜大了眼，也不知是該驚還是該喜，眉頭瞬間緊緊皺起。「沒人？那人到哪裡去了？」

他明明讓部曲看牢了小繡樓廂房門口，雖說被那……蠢婦硬闖，惹出了這番風波，但火勢雖來得快，汲水救火的奴僕也不慢，紅綃不在屋裡，又能去哪裡？

崔倞心中莫名有種不祥之兆，發熱的腦子終於漸漸恢復思慮清明。

他開始一一回想起今日發生的種種，越想越不對……

「難道——」崔倞想到深處，不由渾身寒毛直豎。「是有人布局，欲害我崔家？」

否則怎會如此環環相扣，他收到密報，押紅綃，夫人被唆使，上門找紅綃麻煩，而後大火焚燒，紅綃不翼而飛……

「等等！」崔倞面目微微猙獰了起來。「是紅綃，此乃紅綃金蟬脫殼之計！」

磨勒渾身一震。

他忽然想起昨夜，紅綃問他想不想家？又說她想家了……

只是紅綃如果早就生出了離意，昨日她在曲江池和別院奴僕們走散時，大可乘機一去不回。

又何須今日這般故布疑陣？

就算她一個孤女，有心計有手腕能收買崔府的下人「密告」崔大人，還能支使得動女婢唆使崔夫人上門「捉姦」。

可是這一番大費周章中的每一步，都有隨時被撞破拆穿的危險，也並非萬無一失。

只是磨勒再不相信，擺在眼前的確實是——

紅綃消失了。

他胸口隱隱澀痛，也不知是因爲自己也被蒙在鼓裡的不適，還是他居然被少郎君的愛妾牽動了……不該有的心緒？

磨勒低低垂下頭去。

不過無論如何，都無須再深思追究了，因爲紅綃不在，一切日子也終將回復如常。

思及此，磨勒忽然深深爲紅綃歡喜起來。

是蓄意欺瞞也好，是金蟬脫殼也罷，無論如何，她總算能回家了，不必再因爲天生麗質的美貌，成爲男人們自私折斷翅膀豢養籠中的鳥兒。

他，眞爲她高興啊。

崔倞卻是面色鐵青，喝令眾人封閉門戶，命嚴查上下，決不能叫紅綃偷天換日逃了出去。

就在崔府上下震蕩，一片雞飛狗跳之時，忽然別院管家狼狽不堪地跌跌撞撞來報。

「大人，大人不好了，紅綃娘子死在了別院郎君的床上，恰巧被郎君和友人回別院時撞見了！」

「你說什麼？」崔倞腦子嗡地一聲。

磨勒黑眸乍起寒光如電，不等崔倞再問，他已經掉頭衝出了崔府。

崔倞覺得腦子都脹痛得快裂開了，死死地抓住了別院管家的肩，不顧管家的瑟縮哀叫，咬牙切齒，一字一字問：

「你再說一次？什麼紅綃？本官不是已經把紅綃押回府中了嗎？怎麼別院還有

一個？而且還死在了郎君床榻上？」

「大人……奴也不知道是怎麼回事……」

「我明明今朝讓公孫三郎邀約郎君，將他支開，他們又是怎麼無故跑回別院的？」

「大人饒命，奴當眞不知啊……」

崔倞強自做了個深呼吸，冷靜下來，抓住管家肩膀的手勢更重，靠近低聲道：「你去自首。」

「大、大人？」管家傻了。

「就說你逼姦紅綃不成，失手錯殺了紅綃，所以此事與郎君無關……絕對不能攀扯上郎君！」

管家瞬間腿軟了，撲通一聲跌跪了下來，隨即瘋狂磕頭。「大人，奴向來忠心耿耿，請大人念在奴三代都是崔府家奴的份上……」

「你記得自己三代都是崔府家奴就好。」崔倞低頭看著他，忽然微微笑了起來，神態和藹。「你放心，你的家人，本官都會命人好好安置的，定叫你無後顧之憂。」

管家眼神驚懼到了極點，漸漸絕望了。

「是你活著，全家去死，還是你死，全家活著，」崔倞嘆了一口氣。「……你是聰明人。」

管家頹然地深深跪伏在地，他緊閉上了眼，藏住了眼底深處的苦澀和釋然。

◆

崔倞盤算得好好的，可當他親自將「兇手」押到萬年縣縣衙，大義凜然地將管家交給縣官時，卻見縣官一臉陪笑。

「回大人，此案已由刑部接管，裴侍郎和卓參軍也已經趕過去案發現場了。」

崔倞心驚，險些掌不住面上的神態從容。「……別院屬萬年縣轄管之地，怎麼就驚動了刑部？這於制不合。御史臺、大理寺可知刑部這般胡鬧嗎？」

「唁，大人您這話就嚴重了……」

這崔大人乃正四品上尚書左丞，有監察省內，領內司郎中、員外郎，監督稽核吏部、戶部、理部三部十二司之權，在文官之中，官位可不小。

本來崔大人都將「兇手」捉拿到縣衙交代了，他這小縣官於情於理，也應該感激涕零地收下兇手後，接著盡速前往別院稟告刑部的兩位大人，把權責拿回來，平了這樁小案子。

可他能坐穩這萬年縣的縣官之位，就是靠著腦子靈手腕好……兩相比較之下，誰能得罪得起？誰又得罪不得？他心裡頭可門清著哩！

崔倞見縣官裝傻，眼角微微一抽，故作嘆息——

「案發之地在崔家別院，兇手和受害者又都是崔府下人姬妾，本官自覺有失察之過，明日當會上奏聖人，自請責罰，只是本官也不能眼睜睜看著裴大人和卓參軍不明就理，擔了逾越之名。」

縣官呵呵打太極。「不會的，不會的……大人不必擔心，不會有這種事的。」

崔倞看著面前這個圓滑的矮胖子，氣不打一處來。

他沒想到自己再如何明示暗示，王縣官始終同他打馬虎眼，態度無比諂媚，一臉殷勤陪笑，恭恭敬敬地把「兇手」接過去了，但一轉頭就命衙役往刑部送！

崔倞後槽牙幾乎磨得喀喀作響，恨不能馬上就在王縣官的官員考課簿上打一個大大的「差等」。

可再惱怒，崔倞也不想在此重要關頭又徒生波瀾。

最後他意味深長地瞥了面如死灰、垂頭喪氣的管家一眼，又恢復一貫的氣度風雅，衣袂翩然而去。

主簿在此時悄悄上前——

「大人，您今日駁了崔大人的顏面，他又手握督察吏部、考課及任免升降之權，萬一……」

「怕什麼？」王縣官挑眉。「還有，你把昨日柳貫的案子給忘了不成？」

主簿心頭一跳。

「這裴大人哪，行事向來清明公正，不會因爲柳貫是萬年縣的計史就株連你我，」王縣官從隨身佩囊裡，掏出了顆丸子塞進嘴裡，嚼巴嚼巴。「咱們是大唐的官，領的是大唐的俸祿，聖人都給了裴大人和卓參軍便宜行事之權，咱們該聽誰的就聽誰的……崔大人想找機會弄我，打狗還得先看主人吧？」

主簿鬆了口氣，卻也忍不住嘆笑。「大人，您怎麼把自己比成……狗呢？」

「狗子有什麼不好？最起碼狗子忠心！有些人哪，得到的太多，就忘了自己頭上的主子是誰了。」王縣官嚼著這由荳蔻、丁香、白芷等十多味藥材煉製的五香丸，忽然想起，遞去佩囊。「來一顆？」

「謝大人，不用了。」主簿清了清喉嚨，識趣地摸摸鼻子。「下官先盤帳去了。」

總之神仙打架，小鬼遭殃，既然也不是他們這些小官小吏能左右的，他有那個閒心，還不如操心操心，這新來的計史究竟幾時才能到任？

唉，他這算盤子打到手都要抽筋了。

◆

而崔倞在離開萬年縣衙後，便命人駕車火急火燎的趕往別院去。

崔倞在自家別院外還被刑部衙役攔住了不讓進，最後還是一個高大剽悍的濃眉高鼻護衛走了出來，說裴大人有請崔大人。

崔倞這輩子就不曾如今日這般彆屈過，他多年引以為傲的頤性養氣之道，幾乎土崩瓦解……

也無怪乎他今日大亂陣腳，光是兒子誘拐跑了李大將軍的愛妾這一點，若一個處置不好，他這尚書左丞也做到了頭了。

崔倞神色沉沉地進了正院門口，就看見失神落魄面色發白的兒子，還有公孫三郎跟幾個舊日玩得好的世家公子，人人都是驚魂未定，一臉惴惴不安的樣子。

其中俊秀的公孫三郎還摀著嘴，頻頻作嘔。

「崔大人？」

「果然是崔世伯！」

「小子們拜見崔世伯！」

見他一到，幾個英俊青年忙一一上前躬身拱手見禮。

崔倞眉目慈祥地安撫著他們。「好孩子，可嚇壞你們了吧？都是世伯御下不當，才有了今日之禍，不過幸好兇手已捆了送官，你們沒事的話，都先各自回府休息吧，過兩天伯父定備重禮，親自上門——」

「不，他們還不能走！」一個清朗優雅的嗓音自正院裡頭傳來，由遠至近，堅定道。

只見那幾個英俊青年非但不惱，聞聲俱是兩眼發光地齊刷刷望向了來人。

「裴家阿兄，我們不走。」

「阿兄，我們還可以再提供線索的，對了！我剛剛想起，我一踏進正院好像聞到了什麼奇怪的香味……」

「那是你稍早被鴇母摟了個正著，那老貨貼上來在你身上沾到的胭脂味吧？」另一名青年噗地笑了起來。

先說話的那名青年惱羞成怒，哼哼，要不是裴家阿兄在此，他早就狠狠踹這傢伙下身一腳了。

就連崔昭也有一瞬地忘了方才在自己床榻上看到的……可怕血淋淋場面，還有那失去心愛姬妾的椎心刺骨之痛，努力恢復鎮定，湊近到裴行眞跟前，可憐兮兮地仰頭道：

「裴家阿兄，你信我，我眞的沒有殺紅綃。」

裴行眞沒先回答眾人，他望向始終守在這裡盯著眾青年的玄符。

玄符不著痕跡地點了點頭。

這四名青年包含崔昭在內，從剛剛開始都在他眼皮子底下，沒有串供的機會與可能。

他們帶來的人也已經把別院內其他的部曲僕人女婢等，都分別控制了起來，只待後續大人必要時一一偵查審問。

至於那名搶在萬年縣縣衙和刑部收到報案前，跑出別院到崔府報訊的管家……剛剛，也就在崔倞急匆匆趕抵別院的前一刻，萬年縣王縣官送出的飛鴿已傳信到大人手中。

那封信筆畫墨字淋漓，其中歡快討好之意都快從紙上蹦出來了。

……裴大人，下官已把崔大人「親自」送來的「疑犯」，「從善如流」先行扣下，只待大人您吩咐一聲，下官隨時領縣衙上下，押送至刑部大牢候大人提審。

……另，知君辛勞，望君珍重，下官王大志，敬頌鈞安。

那一封信……玄符只瞄了一下，都覺得辣眼睛。

不過，既然現在崔尚書左丞來了，恰好也省了他們家大人又另外上門問案的工夫。

「你們發現命案的第一時間就是報官，」裴行眞看著幾名青年，微笑點頭讚許。「做得很好。」

英俊青年們忍不住咧嘴笑了，個個臉上都掩不住——我們被裴家阿兄表揚了——的歡快感。

崔倞目光深沉地盯著這一幕，隨即也噙笑上前，對裴行眞語氣親近地道：「六郎，怎麼驚動你了？」

「崔大人，此乃本官職責。」裴行眞對他拱手一禮，眼神溫和，卻是一派公事公辦。

「六郎辛苦了，」崔倞撫了撫鬍鬚，好脾性地道：「不過兇手已經落網，如今在萬年縣縣衙，六郎如果這裡忙完了，便還是先趕往縣衙審問眞兇爲要。」

「不忙。」裴行眞笑笑。

對上看著清貴爾雅、溫柔無害的裴行眞，崔倞卻沒有放鬆警惕之意。

因爲他眼前這後生可是城府不遜裴相……年紀輕輕，就已經是成了精的狐狸。

故此，崔倞一掃剛剛自己在王縣官面前的高高在上與不耐，態度越發謙沖寬厚，眼神裡也淨是看著自家子侄的「疼愛」。

「但不知如今六郎查得如何了？」崔倞客客氣氣笑問。

裴行眞也客客氣氣笑答：「大人知道，案件查辦之中，是不方便透露的，否則犯唐律的，就換成是六郎了。」

崔倞眉梢一動，也不惱，笑意更深。「是世伯一時關切太過，忘了分寸，六郎莫往心裡去。」

「好說好說。」

就在他們兩個老謀深算的文臣正扯皮的時候，裡頭勘驗屍體的拾娘總隱隱感覺，自己好像被監視了。

◆

她猛然抬頭，眸光犀利地四下檢查著寢房每一處！

直到確認屏風後、雕樑後方，就連床底下，還有頭頂之上的承塵橫樑都未曾潛藏著人……

可拾娘還是無法放鬆警惕，她握緊了手中驗屍用的小刀，屏氣凝神，專注側耳傾聽著周遭是否有武者呼息吐納的微弱流動。

只是在幾百息過後，她發現這寢房內除了自己刻意壓低變慢綿長的呼吸外，就只有窗外風吹過的聲音。

緊閉的門扉外，是被裴大人刻意遠遠隔離開來的模糊談話聲。

拾娘神情嚴肅緊繃，假意取出裝著驗屍器械的羊皮卷，慢慢展開……

她不知究竟是自己過於敏感，還是確實有這麼一個人，且武功高於她之上，所以才能隱匿得不露一絲痕跡？

若是前者，那便是昨天花朝節連串發生的一切，冥冥之中已經嚴重到足以影響她的心緒和判斷力了。

這並不是件好事，更是一記警訊！

然而倘若是後者，來人究竟是友是敵？目的爲何？又或者是……兇手再度回到了作案現場?!

她暗暗深吸了一口氣，再度高高升起周身警戒。

拾娘目光落在床榻那具被殘忍剝去臉皮，血肉模糊、死因未明的死者上。

死者穿著珍貴非常的緋絲紅色衣裙，露在衣衫外頭的雪肌玉膚和妖嬈身段，不難想見其生前的風姿絕艷。

玉頸上佩戴著寶石金項圈，鑲嵌著瓔珞滾邊的小圓鏡……

拾娘一下子就認出了，這不正是昨日那個她在曲池江幫扶了一把的女子嗎？

原來女子是千牛備身崔昭的愛妾？那麼她昨日想逃離的，該不會就是崔家別院的下人吧？

也無怪乎拾娘會有此懷疑，誰讓昨日她才撞見這女子被一群家丁凶神惡煞地追趕，今日女子就死在了這處別院。

不過方才初初打照面時，深受打擊呆愣愣的崔昭，以及嚇得花容失色的女婢都進來認過屍了，確定死者就是少郎君心愛的紅綃娘子。

當時裴行眞也在，親自搜查過寢房的每一處後，最後在紅綃的梳妝匣子上那名貴的口脂、香膏等等用量多寡與隨意自然的擺設上，證實了他們所說的話。

「他們說得沒錯，死者在此處留下的是住了數月左右的痕跡，而且是自願的。」

裴行眞用乾淨的絲帕拿取其中一只晶瑩剔透的絳色瓶子，輕輕搖晃了一下。「此乃產自大食的薔薇花露，價比黃金珍稀，花露用到只剩了一點子底。」

還有閒情逸致用薔薇花露，可見死者在別院之中過得頗爲自在。

拾娘蹲在床沿觀察著死者，果然在濃重的血腥味中嗅聞到了死者身體上散發出的一縷縷濃郁嬌甜花香。

她點了點頭。「屬下知道了，這就開始驗屍。」

裴行眞柔聲道：「有勞了。」

拾娘頓了頓。「這是屬下該做的。」

裴行眞敏銳地察覺到了她背對著自己時，身形有一霎的僵硬不自在。

……這是人下意識的防備。

他心一緊——怎麼了？拾娘怎麼會防備起他？

不，肯定是他方才眼花看錯了。

於是明知這樣有點傻氣，但他還是不著痕跡地挪移了一步，用眼角餘光偷偷瞄了她一眼，觀察到她全神專注投入的模樣一如從前，他這才鬆了口氣。

……眞好，還是那個他熟悉的拾娘。

只是裴行眞不知，當他離開寢房後，拾娘終於慢慢吁出了一口緊張懋著的氣來。

她也不曉得自己這是怎麼了？

可今日和裴大人一起出門辦案，並肩騎馬疾行時，她一改往日的大大咧咧、爽利自在，一路上總莫名焦躁侷促，而且本能想同他拉開點兒距離。

尤其最詭異的還是，向來心大，一閉眼倒頭就睡的她，昨夜卻罕見地輾轉難眠，翻來覆去跟烙胡麻餅似的。

剛闔上眼，眼前浮現的就是他和劉家娘子相視而笑的模樣……嘖。

後來她乾脆起來痛痛快快地打了一整套拳，出了一身大汗，這才覺得好些。

拾娘搖了搖頭，甩開隱隱煩躁的思緒，繼續投入驗屍工作。

她先從死者被剝去面皮的臉檢查起，兇手熟諳刀法，才能沿著額頭髮際線一路到下顎……

刀法能將臉上皮膚薄如蟬翼地整片揭去，且想來是死後動刀，所以流的血並不多，乾涸地黏著裸露在外赤紅的肉和鼻樑、顴骨……黑紅模糊一片，令人觀之心驚膽戰。

到底是出自怎樣的仇恨，才會下這般殘暴狠手？

拾娘回想起與死者生前匆匆接觸過的那一面，其花容月貌、嬌憨嫵媚，實在是美人中的拔尖人物了。

她心下嘆息。

只是除了觸目驚心的臉之外，死者身上連同手腳並無其他明顯外傷。

拾娘在檢查死者纖纖十指時，不忘捲了一小團細絮，用鑷子清著指甲內縫，看看裡頭有沒有留下什麼蛛絲馬跡。

十指指縫內乾乾淨淨，並無異物，但……

拾娘低頭盯著死者的修長漂亮的指頭沉思，總覺得哪裡怪怪的？

可是死者玉指如蔥，纖長柔嫩，看著就非是做慣粗活之人，故此也十分符合其生前寵姬形象。

拾娘想了想，怎麼就是抓不住心頭那一閃即逝的什麼……

於是她只得暫時擱置心中疑竇，再繼續從屍體那雲鬢如雲的頭部入手。

她一一取下頂上的髮梳花鈿、金簪和義髻後，很快眼尖地注意到了原本堆疊在死者頭上拆卸下來的義髻，觸手感覺怪異，隱隱黏膩。

時娘低頭看著自己的指尖……果然是沾上了點即將乾透的血。

而且固定義髻的牡丹花長金簪上，更是清晰可見的血跡斑斑！

這發現令拾娘精神一振，手指開始仔細地深入死者髮絲間一寸寸摸過——

果不其然，在顱頂百會穴上發現了一處小小的狹窄傷口。

她想起了裴大人曾說過的長安胡商命案，死者胡商是酒後被寵姬聯合情夫，用十寸長的鐵釘釘入腦中而死。

今日這樁案子，兇手也是採用了利器入腦的殺人手法，但不同的是，鐵釘堅硬，金簪相較之下質地卻較爲軟韌。

且通過義髻向下插入、破頭顱骨頭再入腦，金簪必定會有一定程度的歪斜。

可是這支牡丹花長金簪，簪體依然筆直，所以兇手可能有一定的武力，甚至是內力，所以才能灌氣勁於其中，保金簪在一瞬息間，在死者全然未察覺的狀態下就一擊致命！

她面色嚴峻，在小心地撥開了那百會穴上刺入傷口，與之和金簪比對後，確定自己心中推測無誤。

拾娘暫時用乾淨的帛帕把金簪和義髻包裹起來，放置一旁，而後繼續解開了死者的襦衫，露出了大片雪白中透著淡淡死色的胸口……

就在此時，她忽然覺察到那暗處被監視的感覺消失了！

她手勢一滯，戒備起身，環顧四週，沉聲道：

「無論你是誰，暗中窺探刑部辦案，已是有違王法，我即便眼下擒拿不到你，也定然會將你捉拿到案！」

在話聲甫落的剎那，拾娘眼前一花，然她手中不知何時已經捏在指縫的飛刀已經飆射了過去！

「大人且住！」一個修長精瘦黝黑的身形如魅般出現在角落，黑色指掌間已牢牢地接住了她方才那枚柳葉刀。

拾娘皺眉，冷聲問：「你是何人？」

眼前的崑崙兒容貌剛毅眉宇滄桑，隱隱間自有淵渟岳峙之勢，卻又深沉內斂得恍若沉默的山嶽。

拾娘是武人，直覺在他身上感覺到了一種同類的……氣息。

「奴磨勒，爲長安崔尚書左丞府一崑崙奴。」磨勒拱手躬身。

拾娘盯著他。「你爲什麼監視我？」

磨勒搖頭。「奴不敢，奴只是想知道紅綃娘子的死因，還有誰是殺害她的兇手？」

「你跟這紅綃娘子相熟嗎？」

磨勒低眸。「奴……只是別院內，護衛少郎君和紅綃娘子的一名崑崙奴，不敢稱與紅綃娘子相熟。」

拾娘雖然沒有裴行眞窺探人心、觀察入微的本領，但她卻自有野獸般的直覺，想也不想脫口而出：

「你心悅她？」

磨勒有一霎的呼吸停滯，只是背躬得更低了，重複道：「……奴只是崔府的崑崙奴。」

「崑崙奴和唐人都是人，這和心悅不心悅一個女子並不相違背。」她皺了皺眉。

磨勒終於抬頭，黑色瞳眸有一絲恍惚茫然。「——是這樣的嗎？」

儘管眼下狀況未明，難辨敵友，但時娘素來粗豪磊落，反問：「有何不行？」

磨勒好半天不說話，最後他又低下了頭，隱忍地努力不去看床榻上那嬌豔窈窕，卻不幸香消玉殞的身影，只暗啞懇求道：

「求大人不要將紅綃娘子卻衣。」

紅綃命運多舛，她……已經夠苦了。

他只求這位女大人，能夠讓紅綃娘子保留生前死後的最後一分尊嚴。

「我既是參軍，也是仵作，勘驗死者屍體是我的職責所在。」她明白他的意思，於是稍稍放緩了聲音。「你放心，我也想查明究竟是誰殺害她的，還她一個公道。」

磨勒眼眶發熱，低啞道：「奴多謝大人。」

見磨勒要退下，拾娘喊住了他。「等等！」

「大人還有何指示？」他溫厚順從地問。

「你有心迴避，那邊先避於屏風之後。時間緊湊，我需得趁很多痕跡尚未在死者……紅綃娘子身上消失前，檢驗清楚，而後再向你問話。」她注視著他。「如果你也和我一樣迫切想找出眞正兇手的話。」

磨勒聽出她弦外之音，低頭拱手道：「大人放心。」

拾娘倒不是懷疑眼前這崑崙奴會是刺殺紅綃娘子的兇手。

因爲以他的身手和內力，想神不知鬼不覺取走紅綃的性命，自是輕而易舉，根本不需要多此一舉地藉金簪殺人。

不說旁人，便是拾娘自己想殺人於無形，大可一掌震碎對方心脈，而不損表面皮肉半分。

他的功夫遠在她之上，或許唯有赤鳶阿姊可與之一戰。

拾娘話畢，見磨勒果然悄無聲息地避到了屏風後方。

她這才慢慢爲紅綃褪下繻衫羅裙，開始勘查……

因爲死因已經很明顯，所以拾娘這次並未在現場行剖驗之技。

除非是二勘有需要，待屍首送回刑部驗屍房後，她才會動手。

拾娘精心仔細地按壓、檢查著死者的屍僵程度，還有身上其血瘀瘢痕，最後確定了死者紅綃是在一個時辰前，兩個時辰內遇害的……那便是巳時末到午時末之間。

她最後又細心幫紅綃把繻衫羅裙穿了回去，直起身來對屏風後的磨勒說：

「好了。」

磨勒默默繞出屏風，低垂著頭，掩住了眸底的一縷黯然神傷。

他想再看紅綃一眼，但還是忍住了。

「走吧，我帶你去見刑部侍郎裴大人。」

磨勒聞言一震，才又躬身。「喏。」

# 第八章

拾娘出來，低聲對裴行眞說了驗屍結果。

裴行眞神情嚴肅，聽完後點了點頭，隨即命玄機領人將紅綃屍體送回刑部驗屍房。

崔倧雖說聽不見他們方才低頭交談的內容，卻也沒有再多加橫阻。

他老辣蒼眸只是警告地盯了靜候在一旁的磨勒，隨後負著手，氣定神閒地看裴六郎這豎子還想做什麼？

反正昭兒和一眾同僚，剛剛被證實在他們回到別院之前，紅綃就已經死了。

他們散朝去到平康坊，到同袍臨時起意提議，想要見見崔昭藏於別院的心愛美妾，崔昭推卻不過，又著實想炫耀能得紅綃這般世所罕見的美人在側……於是便半推半就地允了。

而這一路上幾人策馬同行，崔昭並未落單，自然也就不存在半途潛回、殺害紅綃的可能了。

至於「投案自首」的管家，若裴六郎最後找不到真正的凶手，那麼管家自然是對本案最好的「交代」。

如此算來，裴六郎還得感激自己白白送他這一個功勞。

事實上，剛剛崔倞在得知死去的「紅綃」被剝了面皮後，原本整個人渾身上下猶如繃緊弓弦的他，瞬間就大大如釋重負了。

那兇手，倒是幫了崔家的大忙！

如此一來，光憑一具面容被毀的女屍，就再無人能指稱紅綃就是李大將軍府上逃妾。

危機既解除，崔倞與刑部諸人周旋起來，也越發泰然自若、遊刃有餘了。

「崔大人，別院下人供稱，您今日巳時二刻左右怒氣沖沖帶人進了別院，將紅綃帶回崔府——敢問崔大人是否和紅綃有仇怨？您原想將貴府郎君的愛妾做何處置？」裴行眞問。

「此乃我崔家家事，不便外傳。」崔倞從容不迫答。

「可紅綃一死，就不是崔家家事，而是我朝刑案。」

崔倞好整以暇道：「沒錯，我也想知道，明明我已經將紅綃帶回了府，要追究她蠱惑我兒之事，那麼爲何別院又出現了一個『紅綃』，死在我兒床榻上？六郎向來破案如神，可否爲我釋疑解惑？」

裴行眞面對崔倞的滴水不漏，攻防反問，平靜地道：「那麼大人能不能也如實相告，這紅綃娘子的身家背景？她來自何處？是令郎君在三曲中帶回的？還是同僚相送的？」

崔倞隨手彈了彈大袖上沾上的一點子灰塵。「紅綃是我兒姬妾，不過是一個以色侍人的女子，誰人送的又如何？追究出身重要嗎？」

「了解出身背景來處，我們也可研判她是否往日與人有舊仇，或者是背後有牽扯了什麼人、什麼事……」裴行眞注意到崔倞在談及紅綃「身分不重要」時，那漫不經心的彈衣袖舉止。

越是刻意表現渾不在意，就越代表這件事其實極重要。

——所以紅綃的身分一定有問題。

「人都死了，捉到兇手不是第一要務嗎？」崔倞打斷了他的話，終於顯露出了一絲監督百官的強勢。「六郎，你該做的是去審問眞兇，而不是在這裡審問我。難道你認爲我才是兇手？」

「自然不會是您動的手。」裴行眞態度溫和，像是退了一步。

「那你倒是說說，」崔倞淡淡地道：「身爲崔氏家主，部曲奴僕姬妾，皆是我府中之物，生死與奪，盡其在我。唐律也保障了我做爲主人的權力，倘若我想取了紅綃的性命，又何須如此迂迴？」

裴行眞承認。「是，大人說的有理。」

「我還是別院管家來報之時，從他作賊心虛、欲蓋彌彰的言談行止中，發現了不對，逼問之下他才向我自首認罪。」崔倞冷哼道：「那人我已經送到縣衙，至於判斷他是不是眞兇，那就是六郎你的事了。」

「崔大人，我只是問了我該問的。」

「那就別在不相干的人身上浪費時間，」崔悰拂袖，低斥道：「若六郎辦起案來都是這樣捨本求末、輕重不分，那本官就要質疑你過往經手的案子裡，是否曾有冤屈了?!」

「你——」一旁的拾娘有些聽不下去了！

案子發生在崔家別院，這崔大人本就該規避待查，憑甚仗著尙書左丞的官職，反客爲主，咄咄逼人？

見拾娘身子衝動地微微前傾，握緊拳頭……裴行眞眼角餘光瞥見，忙輕輕摁住了她的手背。

拾娘迴護他，他自是心中生暖，但崔悰畢竟是尙書左丞，縱然刑部還不歸其監督管轄，可尙書台稽查吏部、戶部、禮部三部……而其中吏部掌漕運、軍儲。

若崔悰拚著撕破了臉，眞要在軍儲上刁難卓家軍，便是只能延宕個三、五個月再下撥，卓家軍也得吃個不大不小的悶虧。

雖說有他和耶耶在，崔倞想這麼做也得先思量再三，只是事關拾娘……他不得不慎之又慎。

「崔大人教誨得是。」他頷首。

「大人……」拾娘看著他。

他對她細微地搖了搖頭。

「既然我兒沒有殺人嫌疑，那麼六郎是不是也該放人了？」崔倞鬍鬚微揚，嘴角上勾，至此終於又有了一切盡在掌握之感。

「令郎君幾人目前暫時沒有嫌疑，」裴行眞道：「不過隨著案件推進，倘若有了新的線索與他們有關，刑部還是會借提偵問的。」

「那麼就等六郎找到了新的線索再說。」崔倞譏諷一笑，而後望向一旁始終安靜低首的崑崙奴，淡淡命令：「磨勒，回府吧。」

磨勒肩背微微一顫。

「崔大人且慢！」裴行眞出聲。

崔倞腳步一頓，抬眼似笑非笑。「裴大人這是不甘心？偏要與本官過不去了？」

拾娘拳頭又是一緊。

「別院上下無論主僕，本官都問過了一遍，唯有這磨勒還不曾。」裴行眞道。

「他是我貼身隨扈的崑崙奴，」崔倞道：「紅綃的事，與他無關，他也什麼都不知道。」

裴行眞還沒說話，拾娘就已經受夠這些個文官胡攪蠻纏、賊喊捉賊的戲碼了！

「崔大人今早上朝前很匆忙吧？」

崔倞一愣，陡升警覺。「妳問這作甚？」

「沒什麼，卑職只是關心崔大人，忙於公事也要勤用青鹽擦牙……啊，不對，光用青鹽顯然是不夠的。」她嚴肅地道。

崔倞呆了呆，領悟過來後勃然大怒。「妳──」

拾娘沒給他開口罵人的機會，轉頭認眞地望向裴行眞，求教問：「裴大人，您上回跟屬下說過，這長安城講究點的人家，平時都是用什麼方子擦牙來著？」

裴行眞忍著笑，一本正經地答：「……以升麻，白芷，莫本，細辛各一兩四錢，沉香一兩二錢，含水石三兩一錢，研成細末，搗末成末篩爲散，每朝楊柳枝頭搖軟，點取藥，揩齒，牙齒光潔。」

拾娘點點頭，而後轉向崔倞，眼神流露出——我都是爲你好——地道：「崔大人可記住了？如果記不住也無妨，裴大人向來心善，他會願意寫個條子給您的。」

崔倞從未被人這般明晃晃地暗嘲侮辱過，氣得臉色鐵青，鬍鬚發顫。「卓參軍，別以爲妳身在刑部，本官便管不得妳——」

「卑職好怕啊！」拾娘面無表情道。

「妳！」

「卑職好意關心崔大人，崔大人卻這般生氣，卑職實在不能理解，還是崔大人嫌卑職多管閒事？」

「妳故意嘲諷尋釁本官，妳心知肚明。」崔倞咬牙。

拾娘也認錯得很爽快。「對不住，是卑職錯了，那以後卑職就算聞到大人口臭，也全當沒這回事了。」

崔倞腦子嗡地一聲，只覺有根什麼斷了。「**卓拾娘！**」

裴行眞笑容歛止，一步上前，高大修長身軀將拾娘護在身後，一掃方才的溫雅謙和退讓，目光森冷。

「崔大人，夠了。」

只是崔倞再心機老練，再忌憚裴行眞和他身後的裴相，今日也再不允一個小小參軍欺他至此。

否則，就是等同眼睜睜看著自己這一緋袍官身和尊嚴面皮一樣，被她生生剝了下來扔其腳邊踐踏。

「……裴六郎，你確定要爲卓參軍同本官作對嗎？」崔倞怒極反笑。

裴行眞對上他陰沉危險、隱含威脅的眼神，平靜淡定。「崔大人，您今日確實失態了。」

崔倞微瞇起眼。

「就算告到聖人跟前，我要辦的案子，就一定會辦到底。」裴行眞慢慢道：

「崔大人，自便吧！」

崔倞不言語，半晌後，忽然又笑了。

那笑，一反剛剛的惱怒狂躁，渾身怒氣收得乾乾淨淨，好像從來就未曾失控過一樣。

其變臉之快，反而令拾娘瞬間寒毛又復豎起，全面警戒了起來。

也是在這一瞬，拾娘發現她竟從來沒有眞正看清楚過眼前的人。

「好，那磨勒便留下等候問話吧！」崔倞側首。

低著頭的磨勒隱隱一顫。「喏。」

✦

崔倞離去後，拾娘有片刻的沉默……

「大人，我是不是給你和刑部惹禍了？」她囁嚅。

拾娘很少衝動，但也幾乎不曾爲自己的逞一時之快而後悔。

但眼下……

「別怕，有我。」他低下頭看著她，柔聲道。

她搖了搖頭，罕見有一絲沮喪。

果然還是學不了長安貴女啊，要是今日換作劉小娘子在場，必定不會像她這樣頭鐵的硬碰硬。

裴行眞有些憂心地看著她。「拾娘……」

「沒事。」她又重振精神，挺直了腰桿，轉頭對磨勒道：「裴大人在此，關於紅綃之事，你有什麼想說的，都可如實托出，無需顧慮崔家。」

磨勒沉默無語，面上似有掙扎。

「磨勒，你在崔府多久了？」裴行眞溫言問。

「回大人，五年了。」

「那麼關於紅綃的身分，你一定清楚，對嗎？」

磨勒滿喉苦澀，內心強烈交戰。

裴行眞耐心等待著這精瘦蒼勁的黝黑男人回答，並不催促。

他看得出，儘管此人是崔府家崑崙奴，但眉宇氣度自有一抹磊落，並非阿諛曲從之人。

他在賭……眼前之人，並不愚忠。

磨勒卻是想著主人崔氏父子，又想到紅綃生前嬌俏天眞的笑臉，還想到自己那需得倚仗主家來找尋的阿妹……冷汗一顆顆從額頭髮際滲出。

紅綃的身分出自一品李大將軍府，從去歲至今的種種，都是不可對外言說的隱晦和私密事。

無論是因著主人的緣故，還是爲了維護紅綃的身後名聲……他，當眞能坦然相告嗎？

「大人可以問我家郎君。」磨勒閉上眼，做出最後的掙扎。

「如果他是兇手，你還希望我問他嗎？」

磨勒一震，豁然睜開眼。「郎君不可能殺害紅綃！」

「怎麼不可能？」裴行眞慢吞吞道：「他有不在場之證，所以並非是行兇之人，但萬一他就是幕後指使呢？」

「不，郎君對紅綃娘子一見傾心，對紅綃娘子始終愛若珍寶。」磨勒語氣堅定，隱隱憤怒。「況且郎君也沒有殺紅綃娘子的理由，裴大人，您應該想辦法找兇手，而不是一味懷疑崔府之人。」

「若崔府沒有什麼可隱瞞的，因何你的主人和郎君堅決不願吐露紅綃從何而來？就連別院下人和部曲也一問三不知。」他神態平和地反問：「且你說，崔郎君是去歲對紅綃娘子『一見傾心』的。這個一見，是在哪裡見到的？」

磨勒連連被問住了，面色發白。

當初，郎君爲怕走漏風聲，所以只嚴令別院眾僕，稱紅綃是其新得的寵妾，愛若性命，今日藏嬌於別院，萬萬不能叫旁人知道——尤其是家主和夫人——違者拖出去杖斃。

「崔大人是今天才收到的密報，也才知道紅綃的身分，所以此事證明紅綃的來處，除了崔昭和你以外，至少還有第三個人知道。」裴行眞目光如炬。「因此你自以爲的隱瞞，並無意義。」

只見這個沉默寡眼的黝黑崑崙兒青年，瞬間臉色慘然⋯⋯

「那麼現在，你可以告訴我紅綃的身分了嗎？」

◆

崔悰匆匆回到了府中，開始嚴令立刻找出早朝後向他「密報」的那名下人。

儘管在別院，他和裴行眞的一番言語交鋒中，並未落敗，也未露出任何行跡，但他始終有些心神不寧。

崔倞在想，無論是誰刻意引起今日種種混亂，背後目的究竟爲何？

他忽然想起了什麼，頓時冷汗大出，忙快步往書房方向走去，在看見門口兩名守衛時，沉聲問：

「今日火起之時，可有人趁亂靠近書房？」

「回主人，沒有。」

崔倞又不放心地追問：「那你二人可有擅自離開半步？」

「並未，屬下萬萬不敢。」

他微微鬆了口氣，可想了想，依然推開了書房大門，親自入內檢查有無人擅闖的跡象。

崔倞關上了門，落栓，細心地一一查看自己書案上的卷宗文書信件等等。

他任尚書左丞，於尚書省中雖屈居右丞之下，是爲副手，但他領內司郎中、員外郎，監督稽查三部，其中戶部一些重要卷宗更是需經他過目，方能往上呈……

戶部一日總部，掌天下戶口、田土、貢賦；二日度支部，掌考校、賞賜；三日金部，掌市舶、庫藏、茶鹽；四日倉部，掌漕運、軍儲。

多數公務和機密文書自然都在尚書省中，可身爲左丞，他書房中自然也有無數公文和謄抄本。

只是他做事向來小心，留作底的謄抄本都藏在祕密之處，廢了的紙張都會親自扔進銅火爐中，直到確定全數燒成灰燼。

崔倧查看完書房後，未曾發現被誰動過手腳的跡象，最後走到角落掛著幅「春夜宴桃李圖」紫檀木浮雕，在桃李樹浮雕下的那「石頭」一摁。

只聽喀的一聲，整幅「春桃宴桃李圖」微微開了一側，裡頭原來是個挖空了可置放東西的暗櫃。

他將重要的今歲吏部軍需謄抄副本都藏在此處。

其實做這件事，他也是冒了殺頭大罪的。因爲軍需不同於稅收、茶鹽、戶口、田土甚至漕運……那些固然也極爲重要，可軍需，背後牽涉一國軍事武力防禦，不可不慎。

歷年來軍需冊只尚書省和聖人御書房各置一份，即便有副本，也當由尚書省右丞嚴密保管。

可崔倞本就不服那尚書右丞這些年來，總高高壓了自己一頭。

竇右丞不過是因爲當年出自聖人的天策府，和裴相、李衛公等都是追隨聖人打天下、安天下的心腹，待聖人登基後，便穩坐了尚書省主官之位。

他博陵崔倞，出身枝繁葉茂的百年世家，論學識論人脈，又有哪一處及不上那駑鈍憨厚古板的竇鄭了？

所以該做的準備，他從來沒有落下。

只是當暗櫃打開，他正準備伸手探入拿取，卻發現原本疊得高高的卷宗謄抄本，竟然肉眼可見地少了大半。

崔倞大驚，慌忙把所有剩餘的謄抄本都搬了出來，顫抖的手幾乎抱不住……雙膝一陣發軟，撐不住地直接跌坐在了地面。

懷裡的謄抄本全部撒了一地。

他眼前陣陣發黑，爬跪著努力將謄抄本一一撿起，抖如篩糠的手指費了好大力氣才勉強收攏回來，這麼一檢查，又幾欲暈厥。

因爲在戶部貞觀十道裡的軍需謄抄本，就少了關內道、隴右道、河南道和劍南道！

他心一涼……

◆

良久後，當書房外的守衛再見到走出書房的主人時，只覺主人面色灰敗，整個人像是霎那間老了十歲有餘。

「來人！」崔倧目光冷冷落在兩名守衛臉上，忽然對候在外頭的部曲大喊一聲。「將他們兩個捆了！」

兩名守衛大驚失色。「主人……」

部曲們已不由分說，如狼似虎地撲了上來，熟練地塞口、綑綁。

「送去暗房，讓老七親自審問。」

部曲們頸項一寒。「喏。」

老七是博陵主家那裡出來的刑罰老手，專門為主人料理一些暗處裡不可言說之事。

進了老七那裡，這兩名守衛恐怕身上連塊好皮都別想留下。

到底發生了什麼事？竟讓主人震怒至此？

「還有，搜遍全府，清點全員。」崔倞冷厲地道：「掘地三尺也要找出那個消失在大火中的『紅綃』，還有今早那名來報信的小廝。」

「喏。」

很快地，部曲首領來報——

「稟主人，經下人指問，今早出府那小廝原來是別院沙管家的兒子，也就是在別院負責跑腿的沙奉。」

崔倞陰沉眸光一跳。「人呢？」

部曲首領回想起方才看到的，臉色也不好看。「稟主人，沙家在府中下人院落中的那處小宅子內，裡頭的人都死了。」

「死了？」崔倞呼吸一滯。

「是，上下四口人，沙管家妻子魯嬤嬤，其子沙奉和媳婦吳氏，兩歲稚女，皆口吐紫血……應當是死於砒霜之毒。」部曲首領稟道。

崔倞面色發青，胸口似有萬蟲肆虐噬咬，那一股深入骨髓的戰慄和恐懼，逐漸擴大，遍布全身。

沙家究竟是被利用？還是發現了什麼，所以慘遭殺人滅口，抑或是根本就……

「等等，這魯嬤嬤不是夫人的陪房嗎？」他衝口而出。

「是。」部曲首領回道。

崔倞恍然大悟，喃喃低語：「難怪……難怪能唆使得那個蠢婦人去廂房撒惹事，原來早有預謀。」

可沙家三代都是崔府家奴，沙管家的父親早年是他阿耶從逃荒的死人堆裡撿到的，後來賣身爲奴，忠心耿耿追隨崔氏一生。

就是沙管家也是精明幹練之人，這才能做上別院管家，當年風光求娶夫人的陪房女婢。

他胸膛劇烈起伏，深深驚疑不定。

如果當眞是沙家幹的……可三十年前，他崔倞還只是家族薦舉入朝的小小文官，就連他自己都不敢想像能有今時今日的官職地位。

若這當眞是一場經年累月刻意布下的局，沙家便是潛伏其中的棋子，那……這背後下棋的人是誰？

崔倞狠狠打了個冷顫。

「走！馬上趕往萬年縣縣衙。」他陡然想起，嘶啞命令。

目前唯一剩下的線索與活口，就是被他親手送進了萬年縣縣衙大牢的沙管家——沙昇。

「喏。」

◆

別院內，崔昭英俊臉上徨徨不安，冷汗直流。

他緊張地搓著手，來回踱著步，內心天人交戰……

自從方才得知磨勒被裴家阿兄留下訊問時，他就開始瑟瑟發抖了，滿腦子都是紅綃的身分被揭露，他和紅綃的私情被公開於天下，繼而起之要面對的就是李世伯的滔天怒火……

今日阿耶知道了此事，卻至今沒有找他算帳，並非就此饒過了他，不過是因爲紅綃死了，刑部來人，來的還是裴家阿兄和卓參軍，一連串的麻煩迭加而來，阿耶還騰不出手來處置他。

「怎麼辦？該怎麼辦才好？」他臉色發白，滿心忐忑難抑。

紅綃的死固然對他打擊甚鉅，但是他的悲慟卻很快就被這堆送到眼前的棘手麻煩給掩沒了。

如今他哪裡還有時間心疼、緬懷自己心愛的女子？

「不行！」他倏然停住腳步，兩眼發直，自言自語喃喃道：「不能讓磨勒搶在前頭『惡人先告狀』……追根究柢，當初也是他慫恿的我，否則我哪敢生出奪人愛妾的心思？而且也是磨勒主動請纓，擊殺李世伯將軍府中的猛犬，幫忙開路，後來更是他背負著我和紅綃，飛出將軍府重重高牆……」

對，所以細數這種種，他崔昭不過是一個年少癡心的純情兒郎罷了，可一步步推著他走到今日這番田地的，全是磨勒這個藝高人膽大的崑崙奴！

崔昭釐清了這其中脈絡，也深深說服了自己。

他雙眼一亮，二話不說興沖沖地大步往外走，還刻意繞過了主院，從後門騎馬悄悄跑了。

可即便是後門，也有刑部的人化明為暗地監視著。

很快地，就在崔昭騎乘的馬蹄聲答答遠去的那一剎，有個精明瘦小的衙役已經悄悄前去向裴行真密報。

「大人，方才——」精明瘦小衙役低聲稟告。

裴行真聽完後，點了點頭。

精明瘦小衙役又迅速悄然退下了。

磨勒六識本就敏銳遠勝常人，聞言後黑臉龐微微一僵。

拾娘則是哼了一聲。「這崔家別院的主子就沒一個有卵蛋……咳，我是說，沒一個有擔當的，好好的大門不走，從後門偷偷摸摸地溜，不明擺著告訴大家，他有鬼嗎？」

「若我猜得沒錯，他此行方向，應當是往一品大將軍府去的。」裴行真笑著看了拾娘一眼。

拾娘皺眉。「這是自找死路？」

「崔郎君此人在千牛備身中風評不錯，人人都說他性情溫馴好相處，不與人起紛爭。」裴行眞身爲長安通，又是過目不忘的，閉上眼再睜開，腦子裡關於崔昭的官吏人事任用卷宗表上塡錄的，瞬間歷歷在目。「然他的上官卻附注載明了一句：此員不惹事也不能擔事。」

「不惹事」就是謹愼小心，「不能擔事」暗指懦弱怕事。

一個懦弱怕事之人，一旦眞遇上了大事，要不就是找藉口逃避，讓別人頂上去，要不就是事敗之後，第一個爭相推諉，表明自己的清白無辜、一無所知。

裴行眞慢條斯理道：「所以他眼下快馬出別院，前去找李大將軍……目的爲何？可想而知。」

拾娘嘖了一聲，難掩同情地看向磨勒。

磨勒黝黑的臉上看不出是否有異狀，但黑眸裡一閃而逝的痛苦，還是被她捕捉到了。

「……你和紅綃眞可憐。」她嘆了口氣。

磨勒不說話，唯有肩背幾不可見地微微佝僂了一下。

「你所知的紅綃，就是這些了？」裴行眞溫和問。

磨勒點頭，而後還是忍不住暗啞補充了一句：「裴大人，紅綃從頭到尾都是身不由己，請您……一定要幫她找出兇手。」

「你放心。」裴行眞想了想。「紅綃的死因是頭頂遭金簪貫入，兇手必定是她親近且不會設防之人——若以你對別院中人的了解，誰最有可能？」

「日常服侍紅綃娘子的女婢，茶兒，朱兒，但她們二人腳下輕浮，丹田氣散，是手無寸鐵的尋常女子，」磨勒低聲道：「再有，便是……郎君了。郎君也曾爲紅綃娘子描眉戴簪，閨房之樂；但今日郎君回來之前，紅綃已經死了。」

拾娘想起。「剛剛和崔郎君一齊進房認屍的，還有一個女婢，容貌極好，身段嬌小，眉心還有一顆小紅痣。」

「那是朱兒，就是因爲她眉心那點紅痣，所以才叫這個名字。」磨勒濃眉微蹙，有些不解。「怎麼只有朱兒和郎君認屍？茶兒也是貼身服侍紅綃娘子和郎君的，她與朱兒向來行影不離。」

裴行眞眸光銳利起來。「我們一到，便將所有別院部曲和奴僕女婢都看管了起來，因著管家不在，所以憑著別院搜出的名冊，只大略確定了身分，只其中管家有載錄批假的，就有一名小廝和一名女婢——小廝叫沙奉，那女婢，就是茶兒。」

「沙奉……」磨勒喃喃。

「這沙奉有什麼問題？」裴行眞疾聲問。

「他就是別院沙管家的兒子。」

磨勒話剛說完，裴行眞臉色微變。「不好！」

拾娘和他早有默契，二話不說身形如箭般往外疾射，先行趕往萬年縣縣衙。

玄符神色凜然。「大人？」

「你留下，帶人盯住這別院。」

看來崔家別院裡魑魅魍魎不少……有玄符在此，隨時有風吹草動，也有個作主的人。

裴行眞話畢，迅速自腰間七事帶取出小紙和特製烏炭小筆，寫下一行字，捲起後便昂首清嘯一聲！

眨眼間，一隻通體雪白鴿子落在了他指間，裴行眞把紙卷塞入鴿子腳上繫著的小銀罐兒裡，而後長臂朝空中一揚——

鴿子飛得又高又快又急，一下子就見不著那小小的雪白點了。

磨勒目露敬佩。「這是出自吐蕃雪山的雪鴿吧？」

「是。」對於磨勒的眼力，裴行眞並不感到詫異，因崑崙兒本就擅御獸鳥。

「我會讓玄符派人去找沙奉和茶兒，他們兩人被管家同時擇在今日批假而出，定有蹊蹺。」

而且他方才還推測崔尚書左丞所謂的「管家逼姦殺人」，不過只是找一個替死鬼罷了，但如今看來，這沙管家竟頗爲可疑。

磨勒上前了一步。「裴大人，那，奴可以幫上什麼忙？」

「磨勒武功高強，便和玄符一起坐鎭別院，若尋到了茶兒，還要你來指認。」

「喏！」磨勒恭敬拱手，胸口莫名也一陣熱血沸騰。

「我先去往萬年縣縣衙和拾娘會合。」他交代完，頎長身軀大步而出。

「裴大人！」磨勒脫口而出。

裴行眞回頭，腳步微頓。

「您……眞的信奴？」磨勒黑白分明的滄桑眸裡，有著一小簇無以名之的微光。

「拾娘說你可信，」他清澈睿智的鳳眸一閃。「我信她。」

況且分析線索後，磨勒當時確實不在別院，沒有殺人機會。

磨勒眼眶微微溼了，緊抿厚唇，點頭道：「奴會幫裴大人和卓大人守住這裡。」

「好。」他眼底笑意更深。

# 第九章

## 萬年縣縣衙

王縣官正和崔倞陷入對峙，但顯然已經快頂不住了。

「讓開！」崔倞喝道。

「我不！」王縣官抖得厲害，圓胖身子還是勉強撐住。

「王大志，此人是本官府中家奴，又牽涉了另外一件重要案子，本官要將人帶走提審，你若再不識好歹胡亂攔阻，休怪本官不客氣！」

「崔大人，您也別爲難下官了，這人是您親自押來報案的，這案子又已經是刑部的案子，您掌的是尚書省，這這這……就不是管這個的呀！」

崔倞哪裡還有心情跟他囉嗦，面色一沉，對身後橫眉豎目、三大五粗的部曲們一揮手——

「進去把人帶走！」

王縣官粗短的脖子一縮，嚇得閉上眼睛……

「我看誰敢？」一聲女子清亮卻殺氣騰騰的嗓音從天而降。

眾人眼前一花，一個冷豔胡服女子手握横刀，刀已出竅，指著崔倞冷冷道：

「干擾刑部辦案，等同藐視唐律！哪一個還敢上前？」

部曲們一時被她身上那股子從戰場屍山血海裡拚殺出來的氣勢駭住了，不自禁臉色煞白，手腳俱顫。

雖然同爲習武之人，但他們就是能感覺到……面前此姝從骨子裡散發出的，令人深深畏懼的凜冽與可怕。

就好像……好像她眞能眼都不眨一下就屠盡他們所有人。

「卓拾娘，妳屢次進犯於本官，是不是以爲妳背後站著卓盛和裴行眞，本官就動不得妳了？」崔倞滿面怒容，話自齒縫中狠狠迸出。

拾娘冷笑。「誰告訴你我背後站著的是我阿耶和裴侍郎？」

崔倞一愣，臉色陰沉，嗤道：「哦，那本官倒要看看，妳仗的又是誰的勢？」

「聖人的勢。」她一哼。

崔倞諷刺。「可笑……」

她從腰間七事帶取出了一物，在半空中懸晃了晃。「看！」

崔倞瞳孔陡然一縮——

那是只雕工精緻非凡、瑩潤乳白的獬豸玉雕小印！

「……獬豸相傳乃上古神獸，外型似羊似鹿，首正中生有獨角，雙目炯炯有神，喜居水畔，性情忠貞，天生明辨是非、公正不阿。」她慢慢唸了出來，一昂下巴。「聖人說，他這是對我和裴大人兩人寄予厚望呢！」

崔倞一時氣結，可有聖人親賜的獬豸玉雕小印在，也與「如朕親臨」的威懾力差不離了。

甚至可說，卓拾娘此刻不喊著讓他們跪下拜見聖人賜印，已經算是對他們很客氣了。

崔倞牙關幾乎咬出了血，可此時此刻，他再也沒有一戰之力。

只是，他最後臨走前深深地看了卓拾娘一眼。

「卓家，我記住了。」

拾娘高高挑眉，正要開口說什麼，王縣官這長安最靈活的胖子馬上撲了過來，及時攔下了她。

「卓參軍別說！」

她皺眉。「你幹嘛？」

王縣官模樣賊賊的，近乎猥瑣……卻是滿眼真誠地壓低聲音道：「窮寇莫追，崔大人身後的文官集團，水深著呢！」

拾娘一愣。

「對了，多謝卓參軍及時趕到，要不然下官這條小命休矣。」王縣官一臉感激涕零。

「沒什麼，」她渾不在意地擺了擺手。「我是來見別院那個管家的。」

王縣官點頭哈腰。「這邊請，這邊請。」

這時縣衙門口那些本來拿著刀準備要拚了，但其實也是手腳發抖的衙役們，見狀趕緊簇湧了上來，爭相帶路。

「卓參軍這邊請……」

「卓參軍，幸好有您……」

「卓參軍眞是女中豪傑，小的們今日總算見識到了！」

王縣官板起胖圓臉。「——都給老子滾開！一個個的，剛剛都幹什麼去了？讓老子這個文官擋在前面？你們好意思？知道的說你們手上拿的是橫刀，不知道的還以爲你們拿的是雞腿，純看熱鬧吃東西來了？」

衙役們也不怕他，赧然地摸摸頭，努力爲自己辯白。「可是大人，我們都沒有後退呢！」

「那你們也沒有上前啊！」

饒是拾娘心緒不佳，還是險些被這群活寶逗笑了。

一時之間，她竟有種自己回到了卓家軍的親切感……不過，她指的當然是這份歡快融洽的氛圍，而不是武力。

如果卓家軍的武力和今日這群衙役差不多的話，那大唐也差不多要完了……咳，瞎說瞎說，童言無忌。

◆

縣衙大牢內，沙管家瑟縮地蜷在角落。

他一臉心如死灰，明明才被關押進來不久，可整個人就像是全然沒了精氣神。

大串沉重鑰匙嘩啦啦搖動的聲響，隨著幾道錯落不同的腳步聲由遠至近而來。

沙管家顫抖了一下，遲疑地抬起頭，眼神裡像是盛著希望，又像是含帶著恐懼……

很快地，一個英氣艷麗胡服女子和那個圓胖的王縣官一前一後，來到他牢籠跟前。沙管家肉眼可見地害怕了起來，吞了口口水。

「你就是崔家別院的沙管家？」拾娘問。

沙管家不安地挪動了動，而後緩緩掙扎起身，又認命地跪下。「奴……就是。」

拾娘點了點頭，然後就在沙管家以爲她要開始審問時，她轉頭對王縣官道：「勞駕讓人抬張凳子進來，還有，有胡餅嗎？」

「有有有，我們萬年縣縣衙都有。」王縣官邊笑邊搓手，簡直跟個跑堂的沒兩樣。「只要胡餅嗎？」

她好奇問了一句：「除了胡餅，還有什麼？」

「再來隻燒雞如何？我們衙裡今日午飯吃的就是燒雞配胡餅跟羊骨湯，下官的大舅子是萬年縣有名的老獵戶，三天兩頭就打打野雞跟羌子來幫我們加菜，大人今兒來得巧，有口福呢！」王縣官笑嘻嘻。

拾娘被說得肚裡饞蟲更加造反，好不容易才忍下了脫口而出的「好啊，整兩隻！」，忙定了定神，清清喉嚨道——

「不用，來六張燒餅和一碗羊骨湯就好，我給銀子。」

「哪裡需要大人費銀子呢？」王縣官挺起圓圓胸腹，大義凜然地道：「刑部辦案，縣衙配合，理所應當，總不能讓大人為案子奔波，連一口熱飯都沒得吃吧？大人您放心，我來安排！」

她還沒來得及說什麼，圓圓的王縣官又靈活俐落地「滾」走了。

……這王縣官做這縣官，實在屈才，他不去開酒樓，眞是可惜了。

拾娘轉頭回來看著沙管家。

沙管家一顫，本能地緊張了起來。

「大、大人……」沙管家哆嗦著。「大人可是要、要問奴的話？」

「不忙。」

沙管家愣怔茫然地望著她。

很快地，王縣官和主簿一人拎食盒，一人抱凳子，親自把東西都放在拾娘跟前。

「參軍大人請自便，當自己家啊！」王縣官還不忘熱情地招呼著。

拾娘看著他，眨眨眼。

……那個，王縣官你真的沒考慮轉行嗎？

「多謝。」不過她還是忍住了。

拾娘道謝完後，就讓他們二人忙自己的去，她大馬金刀地坐在矮凳上，氣勢恢弘，拿起胡餅就大方的吃將起來，不時還端起香噴噴的羊骨湯喝上一大口。

——好不美哉。

沙管家下意識又吞起了口水，不過這次是控制不住給饞的。

「大人……」

「你放心，我沒有用吃食誘你開口的意思。」她不忘好心地解釋，只是一樣面無表情。

沙管家這時候跪也不是，繼續縮回角落也不是，面前這位行事「全無章法」的女參軍大人，讓他完全懵了。

拾娘就這樣愉快地吃完了那六張胡餅，喝完了羊骨湯，意猶未盡地摸摸依然平坦的肚子。

沒飽……

沙管家呆呆地看著她恢復肅殺抱臂，穩如泰山，閉目養神起來。

詭異的死寂在牢房中漸漸瀰漫開來，格外磣人。

「大、大人，您究竟在等什麼？」沙管家受不了，結結巴巴問。

她沒有睜開眼，只是淡淡地道：「等看看，究竟是想審問你的人先到，還是想殺你的人會先到。」

沙管家聞言，臉上血色瞬間消失得無影無蹤，牙關也不自禁地喀喀作響了起來。

「大……大人……您別嚇奴……」他勉強擠出一絲笑，可那笑簡直快比哭還難看。

拾娘緩緩睜開眼，睨了他一記。「不是嚇你。」

沙管家更怕了，再也忍不住哭哭啼啼道：「大人，紅綃娘子雖然是奴殺的，但、但奴也是錯手殺人，並非有意啊……」

聽著還不老實，拾娘也不理會他了，趁空自護腕內夾層取出了一柄寒氣森森的雪亮柳葉刀，幫自己削起方才策馬狂奔而來時，不小心被韁繩勾劈岔了的一小截指甲。

修著修著，她驀然想起了什麼，呼吸一停！

拾娘的指尖乾淨俐落，甲面之下，隱隱透著自然血氣暢旺的粉紅。

她從不染甲，詩人描述的女子「十指纖纖玉筍紅」，對她而言不啻無字天書，所以她也從不留意一個女子手上有無染甲，抑或是蔻丹顏色深淺，有何區別？

但是拾娘記性好，昨日她在曲江池和紅綃匆匆一面，雖說大部分注意力都被紅綃驚人的美貌吸引了，而後就是其玉頸上佩戴著的項圈瓔珞小圓鏡……

她還是在摟著紅綃柳腰時，一邊握緊韁繩，被驚慌失措的美人緊緊搭住了手，才稍稍低頭瞄了一眼，腦中模模糊糊閃過——

……唔，美人就是美人，連手都這般好看，像拿花汁染過了似的。

纖纖手……花汁……垂在床榻上的玉蔥小手……

拾娘腦中有個東西就要呼之欲出，她瞇起眼，努力苦思。

忽然，耳邊傳來了熟悉的腳步聲，一下子又打斷了思緒，她清艷澄澈的眸子霍地睜開，望向來人。

「裴大人來了。」她渾然未覺自己語氣中的小雀躍。

——裴大人？威名赫赫的刑部侍郎裴行眞？

沙管家本能閉上嘴，身子慢慢往後蹭挪著，眼底畏懼更深。

可來的「裴大人」，並非他以爲的凶神惡煞或威嚴冷峻可怕人物，反而是個玉樹臨風、雍容俊雅的俊美青年。

他一走進來，連昏暗的大牢也莫名亮堂了起來。

有的人生來就是活在黑暗裡……而有的人，卻像是天生就會發光。

可那光，卻生生灼痛了沙管家的眼。

「大人。」拾娘起身，恭敬拱手行禮。

裴行眞含笑看著她，語氣裡的溫柔和關切幾乎滿溢出來。「沒事吧？」

她搖頭，「我沒事，不過裡面的，差點就有事。」

沙管家又重重抖了一下。

「沒事就好，」裴行眞強忍住想摸摸她腦袋的衝動，轉望向大牢中這頹唐清瘦的中年人。「你就是沙管家？」

「是，是。」

「你承認你是兇手，那麼你記得自己是什麼時辰殺的紅綃？」

沙管家一僵。「約莫是、是午時吧？」

「爲什麼殺她？」

「奴……喜歡紅綃娘子，今日實在……忍不得了，所以便趁郎君不在，就……

可紅綃娘子拚命反抗，奴一時慌了，這才失手殺了人。」沙管家結結巴巴解釋。

「紅綃娘子在過巳時中之時，便被崔大人從別院中押走，別院中又哪來另一個紅綃，讓你能在午時逼姦不成、痛下殺手？」裴行眞神色沉靜，嗓音低沉有力，條理明晰地問。

「奴發現的時候也很詫異，後來紅綃娘子苦苦哀求我爲她遮掩……」沙管家越發逃避他的目光，嗑嗑巴巴道：「奴見她可憐又柔弱，這才……起了色心。」

「所以你剛剛說她拚命反抗？」

沙管家低下頭。「……是。」

「你撒謊。」裴行眞淡淡道。

「奴——」

「紅綃的屍體是我驗的，她身上並沒有任何拉扯推拒反抗的瘀痕。」拾娘接過話來，盯著沙管家。

沙管家張口結舌，又是一陣支支吾吾，說不出話來。

「那你是用什麼方式殺她的？」裴行眞再問。

沙管家眼神飄忽。「奴、奴……是摀住了她的口鼻……令她窒息而死。」

「你怕我一樣在屍體上檢驗不出其他致命傷，所以才這樣說的嗎？」拾娘哼了一聲。

沙管家心虛。「不，不是這樣……」

「殺害紅綃的人手段很高明，金簪入腦，一擊而中，殺人於無形。而能想出這樣殺招，下手又能這般快狠準，定然非泛泛之輩。」裴行眞注意著沙管家面上和動作的任何一絲細微反應。

沙管家眸光倏然閃了閃，嘴角微微一動。

裴行眞看著他，又慢慢分析道：「至於，會剝去她的面皮，可能的因素有很多，除了混淆視聽身分外，據本官多年辦案的經驗，以今日此案，兇手當是恨透了紅綃這張臉。」

沙管家眼皮匆匆往下掩，鼻翼微張，抿了抿嘴，後做囁嚅狀。「奴，奴……」

裴行眞一直盯注著殺管家面部的每一寸肌肉、表情、反應，留意到了他上半張臉和下半張臉五官上的微微不協調。

「那剝面皮的刀法，如庖丁解牛、乾脆俐落。」裴行眞悠悠道：「本官只曾在一個人身上看過相同的手勢。」

誰？

沙管家眼皮一顫，想抬眼，又及時克制住了，瑟縮地不斷重複喃喃道：「總之，紅綃娘子是奴殺的，只能是奴殺的……」

拾娘眉頭緊皺。

裴行眞卻不理會沙管家的叨叨絮絮，逕自說下去：「那便是我的護衛玄機，他是半個突厥人，突厥人用匕首的手勢向來有其入刀的習慣。」

沙管家呼吸一窒，那喃喃囈語有一剎的僵止，而後又再度嗚嗚噎噎地抹起眼淚來。「奴認罪了，就是奴……」

「沒錯，人，確實是你殺的。」裴行眞語氣很平靜，可話裡內容卻是石破天驚。

還在抽噎的沙管家猛然抬起頭，瞳孔放大，不可置信且……隱隱憤怒。

雖然隨後掩飾得很好，可就連被話繞得有點暈，一瞬間又因剛剛裴行眞那句平地一聲雷……給驚呆了的拾娘，也發現到沙管家這一霎的異常。

「你眞是兇手？」她在想，自己方才是不是漏聽了什麼？

沙管家呼吸粗濁急促，迴避著她的目光，勉強擠出了一絲卑微討好的笑，可憐兮兮道：

「兩位大人，可奴從來沒有否認過奴不是兇手啊……」

裴行眞突然上前一步靠近鐵柵欄。

而在裡頭的沙管家本能身子一個後仰，拳頭緊握……

「嗯，你現在的表現就很正常，不安、提防，同時升高警戒。」裴行靜靜指出。「比之方才，自然多了。」

沙管家身子一僵，偏偏還做出滿臉迷茫，委屈得不得了似的。

可他刻意憋氣，抑制胸膛起伏的舉止，卻反而顯示出他此刻內心的激動和隱隱忿然。

「你現在不甘心，也不服氣。」裴行真又道。

沙管家只覺自己舉手投足、每分每寸的心思，全都暴露在了面前清雅男人的眸光之下，無所遁形。

——情勢峰迴路轉，急轉直下。

拾娘雖然也看不懂裴行真的一番操作，可她在這幾個月與之合作的經驗中，已經對裴侍郎精湛的識人眼力及解析案件的手段，十分欽佩。

因此她默不作聲，依然穩穩站在裴行真並肩之處。

既是打配合，也代表無聲的支持。

沙管家後背瞬間被冷汗打溼了，心頭發涼，面上又是滿滿無辜與委屈之色。

「……奴，不明白大人的意思。」

「你一開始所有的神態、表情、舉止、動作，都在對外強烈表達出一個訊息——」裴行真凝視著她，一一指出。「——就是你是冤枉的，是迫於主人崔尚書左丞的脅迫下，這才出面頂替，認了當這個凶手。」

沙管家辯解：「不是這樣的，主人沒有脅迫我，人當眞是我殺的，裴大人不用這樣故意繞圈子折騰，藉此炫耀您破案的手段高超，我本就認了我是兇手！」

「可是你後來在聽到我提殺紅綃之人手段高明，以及我『稱讚』其非泛泛之輩時，你眸光閃閃，顯示興奮，嘴角微微一動，弧度上揚，那是按捺住喜悅之意。」

沙管家呼吸一停。

「接著，我故意說兇手剝去紅綃面皮，是因爲兇手恨透了紅綃那張臉皮……你在此時眼皮下垂，嘴角緊抿，努力做出害怕，可你的上半張臉和下半張臉情緒衝突而違和。」

「胡——」沙管家及時咬牙，嚥回了後面的字眼。

「你眼皮下垂，皺著眉頭，看似害怕擔心，可你抿著唇，鼻翼卻有一瞬間的粗大哼氣，這是象徵著『不屑』。」裴行眞口吻淡淡然闡述。「因爲我的推測錯誤，所以你忍不住對我這個負責案件的刑部侍郎，流露出了一絲輕蔑。」

沙管家渾身僵硬，簡直……不敢再有任何表情波動。

——這個男人，他是人嗎？

「人在長久緊繃的狀態下，又發現了自己已經勝券在握的時候，無可避免地會有一瞬間鬆弛，」裴行眞還道：「此乃人之常情，就連許多受過最嚴格訓練過的斥候或細作，都會有相同的破綻，只不過他們的破綻極微小，比常人更難被察覺。」

裴行眞只是隨口提到「斥候、細作」爲例，可他卻發現沙管家肩膀霎時一緊，連呼吸都不敢呼吸。

彷彿稍微大點喘氣，就會驚動什麼……

「我至今尚未想通的是，你這麼大費周章的，究竟爲了什麼？」他清眸幽深，語氣卻依然穩健平和。

沙管家心頭一跳，隨即破罐子破摔似地猛然抬起頭，臉上憤怒了起來。

「裴大人也不必一直對著我掉書袋了，我也想不明白，爲何大人要這樣誣陷糟蹋我？是，大人您是高高在上的長安高官，我只是一個小小的奴僕，我們小老百姓的性命本就不值錢，你們長安人何曾在意過我們的死活？」

對於沙管家嘶啞憤恨的控訴，他一時默然。

拾娘也不高興了。「這跟是不是長安人沒有關係！」

沙管家嗤了一聲。

「也許有人是如此，但裴大人不一樣，你根本什麼都不了解，憑什麼這樣指責他？何況你今日的牢獄之災，並不是裴大人害的。」拾娘慷慨激昂道：「也許真有人害你，或者你的確是兇手，你殺人也有你的原因，但這和裴大人有關係嗎？」

沙管家大口大口喘息著，在她的詰問下，眼底原本刻意營造出的憤慨和怒火也有了七分真實。

裴行真萬萬沒想到拾娘會這樣出言維護自己，他滿眼驚喜，心中一暖。「拾娘……」

「別吵，正幫你罵人呢！」拾娘已經開始擼袖子了。

裴行真一下子笑了出來。

沙管家咬牙切齒，恨恨迎視眼神灼然憤慨的拾娘，沙啞破碎地道：「你們這些人……你們這些人怎麼知道我們是怎麼活的？」

「不再口口聲聲自稱『奴』了嗎？」裴行眞攔住了拾娘，卻是態度溫和地問。

沙管家一滯，錯愕。

「雖然你有意拖延時間，但後面這些，確實是你的心裡話，對吧？」他眼神平和地注視著沙管家。「你眞心覺得，在我們這些『長安人』的眼裡，黎民百姓不過是螻蟻。」

沙管家一聽到「有意拖延時間」這六字，無法自抑地吞嚥了口口水，可接下來仍梗著脖子質問：

「難道不是嗎？聽說大人出身名門，又哪裡會曉得人間疾苦？」

裴行眞不理會，他摘下腰間金魚袋遞與拾娘，沉著叮囑。「拾娘，勞妳帶著我的金魚袋，到裴府找我耶耶，盡速進宮求聖人暫時封閉長安十二座城門──我懷疑有外族細作已取得重要機密，要乘亂出城！」

「喏！」拾娘眼露震驚，卻毫不遲疑抓緊金魚袋就飛快往外衝去。

沙管家則是目眥欲裂，遽然凶狠地撲上前來，迅雷不急掩耳地探出臂來，眼看著就要勒住裴行眞的脖子——

「大人！」拾娘霍地回頭，大驚失色，袖口柳葉刀就要射出。

可裴行眞生得高大，背對著她，偉岸修長身軀有大半遮掩住了牢獄中的沙管家……

來不及了！

◆

而同一時間，崔家別院外重兵包圍，無數冷森森的刀劍弓弩，齊齊將別院四面八方圍得滴水不漏，飛鳥難渡。

數百名精兵悍卒，殺氣沖天……

這是一品李大將軍的親兵，也是他親自在朔北從屍山血海、槍林箭雨裡淬煉出的鐵騎之一。

雖然李大將軍並未親至，但居首領袖的文副將，一向能將大將軍的命令執行貫徹到底。

此刻，文副將高聲喊道：

「奉大將軍令，令一，請裴侍郎和卓娘子及刑部一干衙役人等出別院，餘者，出則殺之！」

「令二，交出崑崙奴磨勒，違者，殺之！」文副將聲音宏亮，彷彿能劈山裂石。

而在別院中衙役奴僕等惶然不安、瑟瑟發抖的時候，玄符卻氣定神閒好奇地摸摸下巴，望了身旁臉色陰鬱的磨勒一眼。

「你搶大將軍女人啦？」

「……」磨勒面露苦澀。

玄符話才一出口，自己又反應過來。「喔，對，你是搶大將軍女人了沒錯。」

雖然是爲了他家郎君搶的，但……搶這個動作，確實是磨勒做的。

「兄弟，你有點倒楣。」玄符同情地拍了拍他的肩頭。

磨勒深吸了一口氣，挺直了精瘦腰桿，卻突然被玄符手臂一橫擋住。

「你要做什麼？」

「投案。」磨勒眼神坦蕩磊落。

「投個鳥，你傻了？」玄符沒好氣。「明知是你家郎君去李大將軍面前嚼舌頭了，把過錯全都推到你頭上，你還傻呼呼要去投案？」

無論是生於林邑以南，從沿海島嶼被掠奪賣入大唐的「蠻鬼」，或是遠自大食國更西更北之處而來的「僧只奴」……通稱「崑崙兒」。

他們身強體壯、矯健幹練，有一身善於探水或馴獸等等絕技，可大多性情溫良，踏實耿直忠誠，所以長安貴族們都搶著買回去看家守院，任意差遣。

玄符也知道崑崙兒的心性，但此時他看不下去了。「兄弟，你主子都賣了你，你還要乖乖束手就擒等死？哼，我們家裴侍郎就不會允許任何人欺辱我們！」

磨勒羨慕地看著他，而後搖了搖頭，低聲道：「您不明白。」

「裴大人把你交代給了我，我就不可能眼睜睜看著你去送死。」玄符魁梧剽悍，昂然抬頭。「等著！」

磨勒一愣。

「外頭的人聽著，吾乃刑部裴侍郎大人貼身護衛玄符，我家大人和卓娘子前去追查命案兇手，不在此處。磨勒也是重要證人，刑部不可能隨意交出，還請閣下回去代稟李大將軍，就說刑部恕難從命！」

玄符氣沉丹田，低沉渾厚嗓音卻有震天之響，清晰地字字傳入了眾人耳中。

文副將瞇起了眼。

他本奉大將軍之命，要去尋卓娘子打探昨日曲江池上，她是否騎著白馬帶走了紅綃，但昨夜宵禁，各坊門不得出入。

今早坊門一開，趕往裴家別院，卓娘子已經出門當差了，再趕往刑部，卻被告知卓娘子跟著裴侍郎外出辦案，其餘無可奉告。

文副將自然可以放出斥候追蹤，但一則大將軍並未下急令，二則卓娘子出身卓家軍，當年十四歲就領著一隊斥候，躡蹤東突厥大軍去——

這斥候之術用在她身上，是招她打臉的。

可沒想到才這麼耽擱了尚未一日，變掖突生……

文副將深深吸了一口氣，提氣喊道：「我等奉大將軍令，捉拿大盜磨勒，刑部膽敢阻攔，爾等是要與一品李大將軍府抗衡麼？即便裴相在此，也要賣大將軍一個面子，你區區一護衛，口氣如此之大，你確定自己擔得起後果嗎？」

到最後，語氣中的威脅震懾之意，已如沉沉雷雨欲來……

玄符一怔，銳利危險地瞇起了眼。

這是明晃晃地直接拿出李大將軍的一品官位來壓人了，然可惱的是，此人說的句句沒錯！

不說刑部，功勳彪炳的蓋世一品李郭宗李大將軍，是聖人最爲信重的，二十四名功臣良將賢相之中的其一。

玄符自己拚卻一身倒不怕，可他怕的是自己給裴大人惹來禍患……

磨勒見狀，溫和平靜地道：「大人，多謝您。磨勒承您這份情義，如果此番得蒙不死，日後即便是刀山火海，但凡裴卓二位大人與您有召，磨勒百死不辭。」

玄符虎眸有些發熱，清了清喉嚨，沉聲道：「哪裡就需要到你百死不辭了？」

「奴說的，一定會做到。」磨勒堅定道。

玄符吁了口氣，壓低聲音道：「……那你有辦法出去報信嗎？」

「好！」磨勒神情剛毅。「大人請說。」

「剛剛我們才查到了茶兒告假並未歸家，而是無故消失，我總感覺這件事很重要，若不是外頭那群如狼似虎、不講道理的兵擋了路，我們早該出別院去縣衙和大人會合了。」玄符小聲道：「你應該知道別院有沒有密道什麼的……」

「沒有密道。」磨勒遲疑了一下。「大人，您和刑部衙役自可離去，他們要捉拿的人是奴。」

玄符嘖了一聲。「老子像是那種拋下同伴的孬種嗎？」

「大人……」磨勒心口一熱。

「我們刑部的人一撤退，外頭那群兵若不是攻進來，就是來個萬箭齊發，把這別院裡射成密密麻麻的篩子，到時候你們還能有活路？」玄符聲音更低了。「慈不掌兵，李大將軍當年殺性可不小，曾有過一夜滅胡城上萬眾……」

玄符不能說出口的是——

裡頭有多少是尋常百姓，有多少是手持刀劍的兵，誰又說得清呢？

而後來，也不過是李大將軍功勳簿上又一筆小小朱砂字罷了。

磨勒寒毛直豎。

「所以，我們還是想個萬全的方法——」

「奴知道了。」磨勒恢復平靜，忽道。

玄符一呆。「知道啥？」

「磨勒在此，諸君捉得到的話，便來！」磨勒倏然手握匕首，大喝一聲。

只見他憑空蹤身而起，在玄符和院內眾衙役奴僕震驚駭然的仰望中，飛出高牆、輕如羽毛、快如鷹隼。

外頭，剎那間漫天箭雨全都追逐著磨勒身影方向疾射而去……

黑壓壓得遮掩了大片天空，又如何有人在這樣密密匝匝的如蝗箭陣中存活下來？

「磨勒——」玄符臉色發白，心下重重一沉！

# 第十章

高大英俊的崔昭興奮地紅著臉，志得意滿地回到了崔府。

他慶幸著自己有先見之明，及時力挽狂瀾，即使此刻心底深處還是有些忐忑不安……

只因為磨勒的武功實在太高了。

過去，若說能擁有這樣身手的崑崙奴是崔家的優勢，可到如今，磨勒卻已成了他們崔家的重大威脅。

崔昭笑容消失，隨即寬慰自己——

「李世伯麾下精兵驍勇善戰，在他們的包圍下，就是磨勒也只得乖乖束手就擒。」

所以，他和崔家都沒事了。

可誰知崔昭才剛踏入府門，就被聞訊而來的崔倞劈頭狠狠甩了一個耳光！

他臉頰火辣辣劇痛著，驚愕又委屈。「阿耶……您打我？」

「你這個不肖子，還敢回來？」崔倞猶如困獸般雙眼血絲遍布，短短時間內焦躁恐懼惶急憤怒，幾乎將他燒至瘋狂。

「阿耶，兒子縱使有錯，也已經全力彌補了。」崔昭摀著臉，悶悶道：「您放心，我已去李世伯府上解釋過了，世伯雖不在，可文副將相信我，所以已經帶兵去別院捉拿磨勒。」

崔倞卻仍咬牙切齒，猛地一把抓住了他的衣襟。「孽子！走！」

他踉踉蹌蹌地被父親扯進了書房，而後重重甩在地上，還未回過神來，臉上頭上已經被劈哩啪啦地砸來了一堆卷宗！

「阿耶……」

「我嚴令過闔府上下，書房唯我們父子二人能入。」崔倞目光猙獰，質問道：「你是不是告訴過紅綃，書房有暗櫃密匣？」

崔昭瑟縮了一下，本能矢口否認。「兒子沒有！」

「沒有？」崔倞直勾勾地盯著他，冷笑不信。

「眞沒有……」崔昭眼神閃爍，再三強調。「兒子連阿耶在暗櫃密匣裡放的是什麼都不知，又如何向紅綃透露？」

說是這般說，可崔昭卻止不住心底陣陣發虛，因爲恍惚間他似有印象，在上元節後，他喝得酩酊大醉，彷彿……彷彿是曾經跟紅綃抱怨過，阿耶不器重自己。

……說阿耶叫他進去書房，總吩咐他這個、叮嚀他那個，叨叨絮絮個沒完，從黨爭到官員站隊說到他這千牛備身職位的重要性云云。

可偏又不許他碰書案上的任何卷宗文書，還說就算牆上掛著的任何一幅畫、角落擺的任何一張古琴……也不許動。

他那日眞的醉得狠了，便開始滿腹牢騷，說了很多很多。

可待酒醒，他也被自己嚇出了一身的冷汗，驚疑不定地看著照顧了他一夜的紅綃。

但紅綃還是那麼嬌媚溫柔體貼，甚至親自下廚爲他煮了碗醒酒湯，一口口餵著他喝，嘆息道：「郎君日後莫再喝那麼多酒了，您是奴這輩子唯一的依靠，奴不要您傷了自己身子，奴心疼……」

那一刻，崔昭心都要化了，只覺能得紅綃這樣的紅顏知己，實在是他畢生之福。

想到紅綃，崔昭心中一痛，眼眶溼了。

紅綃……他的紅綃……究竟是誰那麼狠心殺了她？還殘忍地剝去她的面皮？

阿耶說是沙管家做的，可他一個字都不信。

沙管家平時見了紅綃也是如同見到他這個主子一樣，態度又尊敬又客氣，不必他叮囑，衣食住行處處安排得妥妥貼貼。

而且沙管家對他忠心耿耿，這半年來把別院裡關於紅綃的事兒，對外都瞞得嚴嚴實實，阿耶和阿娘果然半點不知。

所以沙管家怎麼可能會逼姦紅綃不成，痛下殺手？

崔倞見他還在恍神，恨得又抬腳重重地踹翻了他。

「混帳！孽子，你知不知道，崔家就要大難臨頭了？」

「阿耶？」崔昭被踹痛了也不敢反抗，只是惶惶地仰望著他，一臉茫茫然不明所以。

「孽子！」崔倞目光陰森狠厲，頸項青筋暴起，聲音壓低地對他說起了今日在崔府發生的一切。「……大火過後，紅綃消失，書房內卻有幾份重要機密卷宗遭竊，沙家上下幾口人盡數服毒。你這蠢貨自己想想，究竟招了什麼禍害進來?!」

崔昭腦子刹那間一片空白，耳際嗡嗡然……

怎麼可能？怎麼會？

「那、那紅綃到底是誰？」他喃喃低語，臉上似笑似哭。

崔倞竭盡全力壓抑下滿胸憤恨怒火，冷冷道：「我懷疑，她根本就是李郭宗蓄意派來潛伏你身邊，藉機盜走我府中機密的細作。」

「李世伯？」崔昭面色如灰。「李世伯爲何要這麼做？」

崔倞沒有說出口的是，被盜走的除了關內道和其他幾份軍需謄抄本外，還有一個更加致命的東西……

當年，胡城屠城中的一份……赦牒。

這份赦牒遭竊，如果叫人知道了它始終在自己手上，那麼除卻李郭宗外，就是連中書省的徐公都不會放過他。

崔倞彷彿已可聽見長安崔府……大廈將傾前的崩塌聲……

他顫抖著深呼吸著，低聲追問：「你想想，紅綃有沒有向你透露過她的來處？或是她舉止言行有無任何特殊的地方？還有，她在長安有無其他交好的女眷？」

崔昭蒼白著臉，吶吶道：「平常兒子和紅綃多是吟詩作對，彈琴論曲……而且紅綃不是死了嗎？又怎麼盜走您書房中的機密卷宗？」

「廢物！」崔倞臉色鐵青。「事到如今，你還相信死在別院裡的那具女屍是紅綃嗎？那女屍可是被剝去了臉皮！」

崔昭呆若木雞。

崔倞看著這個孽子蠢笨駑鈍的模樣，幾乎恨得滴出血來。

錯了，錯了……

他打從一開始就不該見兒子因心性溫馴敦厚天真，在聖人和李大將軍等尊長面前，是個讓人放心的晚輩，就放任他繼續用這樣的面目姿態在世人面前博好感。

可在風雲詭譎的朝政宦海中，單純，就等同於他人刀俎上的魚肉。

這個兒子，算是養廢了……

崔倞握緊拳頭，閉上眼。

如今當務之急，就是動用博陵崔氏在長安城中所有明面暗線的勢力，就算是把整個長安都翻過來，也要盡速找到「紅綃」，找回失竊的機密！

✦

萬年縣縣衙牢房中，就在裴行眞即將被沙管家掐住、擰斷頸項的剎那！

只見裴行眞火速蹲了下來……

一瞬間，本已預判他會急急往後疾退，於是沙管家在瘋狂撲來時也沒忘精明地算計進了其後退的間距，即便隔著鐵柵欄阻擋，裴行眞也決計逃不過去。

可他這麼一蹲，非但沙管家掐擰的手勢一個落空，還因爲用力過猛，整個人砰地撞在了鐵柵欄上！

「……」拾娘想射出的柳葉刀在這一刻，又默默收了回去。

嗯，不用了。

只是在拾娘鬆了口氣又莫名想笑之餘，忽覺額頭溼溼涼涼的，抬手一抹，才發現自己剛才竟生生驚出了冷汗。

而後她看著危機解除後，慢吞吞優雅起身，慢吞吞踱開幾步到安全範圍外，對自己「嫣然一笑」的裴行眞時，她又莫名有些牙癢癢起來。

娘的！剛剛早就該想到，爲何他平白無故要站在鐵柵欄跟前，離沙管家那麼近……

這頭狐狸該不會連沙管家要扭斷他脖子的動作，都提前設想到了吧？招呼也不先打一聲，這是想嚇煞誰？

「拾娘，」他笑吟吟道：「我沒事了。」

她有點想揍他，不過還是忍下來了，哼道：「那屬下就去找裴相了。」

「不用，」他好聲好氣地道：「勞駕拾娘幫我把金魚符交給玄機，說明眼下情況，他知道該怎麼做。」

她蹙眉，面露不解——不是要封長安十二城門找細作嗎？

不過拾娘還是點頭，急行而出，將金魚符交給了已從刑部趕來會合的玄機。

「喏！」玄機聽完後，會意地一點頭，而後速速領命離去。

拾娘又復回到牢房中，聽見裴行眞對著剛剛撞得頭暈眼花的沙管家，語氣溫和，不急不徐慢悠悠道：

「若我是你，便不會在此時選擇咬舌自盡。聽說咬舌並不能馬上死去，只會痛得想死，慢慢等血流乾了，無人能及時救治時，才有可能斷氣。那些戲折子上演的都是騙人的，你應該不會不知道吧？」

沙管家腦袋和胸口被鐵柵欄撞得劇痛難忍，還要聽他說這些……忍不住面色微微扭曲，隨後咬緊牙關，索性以沉默消極反抗。

裴行眞見拾娘回來，他眉目舒展一笑，忽又改爲提起了關於城門的話題，除卻是爲拾娘解說外，也一方面刻意說給沙管家聽——

「長安十二城門，唯東南西三面各三個城門可供百姓商旅等進出，共九門，其中又以東出的『通化門』、西出的『開遠門』以及南面的『明德門』爲主，而開遠門爲長安城西面北來第一門，無論是聖人出宮城西行，抑或西域來人，也由此進出長安。」

拾娘聽得很認眞。

「『開遠門』下，凡西行至鳳翔、隴西，西南入蜀，或西北赴奉天出朔方，皆由此門出。『通化門』則可東出潼關，東南面出武關，往來者絡繹不絕。」他淺笑解釋。「至於正南面的『正德門』，是我大唐長安國門，無論是聖人迎送使節、南郊郊祀或舉行國禮等，皆在此門。」

拾娘問：「所以裴大人的意思是，只要守住這九門即可，而且重點更是在這出入人流最大的三門上？」

「是。倘若是我，想隱匿行跡混出城外，我也會取其一。」他頷首，嘴角微勾。

拾娘神色一緊。「那玄機那頭人手——」

「不怕，長安自有城門郎，主掌京城、皇城、宮殿諸門啓閉之節，奉出納管鑰，且有稽察出入之權。而城門郎署，就隸屬於尚書省治下。」

拾娘腦中靈光乍閃。「在崔大人的職權範圍內？」

「是，想必尚書左丞崔大人此刻也已經通令各城城門郎，嚴加稽查了，」他氣定神閒道：「所以他的人在前頭攔著，而玄機只管帶人盯著他的人即可。」

……自古螳螂捕蟬，黃雀在後。

拾娘忍不住望向了裴行真——但是眼前的裴大人，才是那名隱藏在最後的狡詐彈弓手。

「崔大人會匆匆忙忙又急著來把沙管家從縣衙帶走，那必定是崔家別院或崔府中，遺失了極其重要的東西，非尋常金銀財帛，所以他這才趕著要將人提去審問，都顧不得失態了，」他目光落在牢獄裡閉口不言的中年男人。「——沙管家，我推論的，對嗎？」

良久，只聽沙管家一聲冷笑。「裴大人說什麼便是什麼，反正我什麼都不認。」

「可你剛剛明明——」拾娘英氣眉毛一豎。

「我如何？」沙管家鎮定了下來，再不復適才被激怒時的騷動和失控，轉瞬間又成了一個滾刀肉似滑不溜手的無賴。「從頭到尾都是裴大人的一家之言，一面之詞，他揣測我這個小老百姓的言行舉止，曲解成他想要的答案，我雖無能抵抗，但全心不服。」

「你！」拾娘惱了。「你方才還想扭斷他的脖子！」

「適才我衝動了，那是因爲裴大人汙衊我，我氣昏頭了。」沙管家抿唇，冷哼。「總之，即便是上了公堂，我也不認，且我還要讓世人知道，鼎鼎大名、破案如神的刑部裴侍郎，也不過是顛倒黑白、屈打成招的昏官！」

拾娘拳頭捏得喀喀作響。

裴行眞卻溫柔地拍了拍她的肩，笑道：「別生氣，我們自有法子讓他認罪。」

拾娘深吸了一口氣。「是！」

沙管家這下子連遮掩也不遮掩了，輕蔑地撇唇。「裴大人又想怎麼冤枉奴了？」

「觀面推敲之術，只是做爲輔佐，自然不能爲證，」裴行眞清眸深邃，看向沙管家。「可你殺人剝皮，手上染血，狡辯也是逃脫不了的。」

沙管家嗤地笑了。「大人說奴手上染血，你親眼看看，哪裡有血？」

裴行眞還未說話，只拾娘聽見他方才說的「殺人剝皮，手上染血」八字，腦中靈光乍現——

她頓時懊惱自失地一敲自己的額頭，隨即雙眸發亮，興奮地望向裴行眞！

「大人，我確實有法子！」

裴行眞對著她讚許一笑。「我就知道，難不倒拾娘。」

下一刻，沙管家就在迷茫驚怒中，被硬生生拖出了牢獄……

「你們究竟想做甚？難道是想殺人滅口嗎？」

沙管家沿路故意製造出的吵鬧聲，惹得經過的其他牢獄犯人和獄卒都爲之側目。

就連到了縣衙大堂在縣官和小吏、衙役們眾目睽睽下，他也沒有稍事收斂，反而叫嚷更響，恨不能招來更多的人看看，兩名高官是如何欺壓無辜良民的。

「兩位大人，這是……」王縣官搓著手上前。

裴行眞一點也未被激怒，神態自若朗朗道：

「疑犯沙昇，雖一開始口頭上宣稱認罪，可卻供詞反覆，顚三倒四，意圖混淆案情；因此，本官與卓參軍今日便要在公堂之上，當眾證明他確實就是崔家別院剝皮女屍命案的兇手——還請諸君共證之。」

王縣官和主簿等一凜，忙拱手道：「大人斷案，吾等自當齊做見證。」

「有勞諸君。」

拾娘收到了裴行眞含笑示意的目光，點了點頭，再次重複問向沙管家。「崔家別院管家沙昇，你適才在牢獄裡最後喊冤，說死者紅綃並不是你殺的？而是受你家主人崔倞所迫，不得不認罪？」

沙管家昂首，大聲喊道：「是！奴主崔尚書左丞，爲了怕少郎君被牽連在內，所以就拿奴全家性命威脅奴，要擔了這個殺人之罪，在這些大人們眼裡，像奴這樣的下等人，比牛馬還不如。」

此話一出，眾人不由眼神閃爍，交頭接耳地議論紛紛……

這也是極有可能的，畢竟士庶貴賤猶如天塹，主要奴死，也只是一句話的事。

何況稍早前崔大人把沙管家押來的時候，那副上位者不可一世的模樣，他們可都看在眼裡的。

還有，隨後他又來討要沙管家，更是領著大批部曲像是要踏平縣衙一般……衙役們沒忘記，若非卓參軍及時趕到，他們這些小卒眼看著就得挨刀了。

見眾人情緒被自己慫恿撩動了起來，沙管家面色悲痛，眼底深處卻有一絲隱晦幽光。

……這裴侍郎年少氣傲，順風順水地破了幾年的案子，就當眞以爲自己明察秋毫、無所不能了？

他完全不知道自己要面對的是什麼，還有這背後的局……

棋局一動，風雲詭變，只要是置身其中者，就再沒有跳出局外的可能了。

沙管家低眸，微微上勾的嘴角是得意、是諷刺，還有那漸漸滲出的毒與苦。

……沙家，已爲此付出了所有，所以任務一定會成功的。

裴行眞能感覺得到，面前這曾唯唯諾諾的中年男人，一瞬間氣勢已變！

他神情也嚴肅了起來。

「既然你說你是無辜的，那你可敢當堂接受驗證？」拾娘朗聲問。

「奴自然敢！」

拾娘點點頭。「敢問沙管家，你今天可有靠近過屍體？」

「沒有！」沙管家大聲強調。「屍體是我家郎君和千牛衛幾位郎君發現的，奴只在房門外遠遠看著，慌亂之下，就急急趕往府中向主人報信了，當時在場之人都可以爲奴作證。」

「好，那你今早打從睡醒的那一刻起，到發現死者爲止，這中間都做過了些什麼事？又見過哪些人？務必鉅細靡遺說清楚，別有半分遺漏了。」

拾娘這堪稱刁鑽又令人摸不著頭腦的問題一出，不只沙管家皺起了眉頭，就連王縣官和主簿等人也懵了，一臉疑惑。

可裴行眞清眸卻霎時亮了亮，嘴角微揚。

——眞好，行事向來大開大闔、直來直往的拾娘，也會彎彎繞地給人下套了！

她這番詰問，是要讓沙管家親口堵死自己的後路，也再無任何一分狡辯的可能。

沙管家心頭閃過一抹不安，慢慢一字一句，如履薄冰地謹慎道：「奴從晨用過朝食後，便離家前往別院當差……」

「朝食誰做的？」

「奴家中有廚娘，自然是廚娘做的。」沙管家眉頭緊皺，忍不住道：「大人問的這個，跟命案有何——」

「然後你到別院當差，又做了些什麼事？」拾娘打斷他的話，再問：「當管家要忙的事情很多吧？」

沙管家已經有些不耐煩了，主要是眼前這位女參軍至今所做所爲，都無常規痕跡可尋，好像東邊一榔頭、西邊一槌子的，讓人防也無從防起。

「是不少，也就是監督奴僕們有沒有服侍好主子，還有別院一干灑掃庭除有無盡責，別院每日出入帳等……」沙管家道：「都是一些繁雜之事，如果兩位大人想知道詳情，回去問問自家宅邸管家，就都能明瞭了。」

拾娘好像沒有聽見他語氣中的諷刺，點點頭。「好，那你這雙手乾乾淨淨，沒有動過刀刃也沒沾到過血了？」

沙管家心中戒備更深了，斷然矢口否認。「沒有就是沒有！」

「行！」拾娘一拍掌，冷豔眸光滿意至極。「你確認就好——王縣官，可否勞駕令人尋把紅油傘來？」

在一旁聽到腦子都給繞暈了的王縣官精神一振，立刻站直了身子。「前頭坊市就有賣傘的。來人，去買把紅油傘來！」

「喏！」

被押跪在堂上的沙管家雖然不明所以，可見裴行真氣定神閒，拾娘又開始捲袖子，他野獸般的直覺還是嗅聞到了危險……臉色白了一白。

衙役們忍不住好奇地張望等待著，人人都莫名有些興奮起來，

——不過，這卓參軍到底要紅油傘做什麼？

很快地，那名衙役便氣喘吁吁地跑回來，恭敬地將手中嶄新的紅油傘遞與拾娘。

「參軍大人，給！」

「多謝了。」她一笑，左手接過後，右手則一把輕輕鬆鬆地拎起了沙管家，大步往外走去。

「妳要對我做什麼？」沙管家大驚，激動地掙扎起來。

眾人也自動自發地跟了上去，卻見拾娘只是把人提出了大堂門外。

此時雖已過正午，近未時末，在大堂前方那一大片青石鋪就的院子上，依然是日頭照得人恍眼。

沙管家氣急敗壞。「大人這是要刑求嗎？」

就在此時，裴行真默契十足地幫忙押住了沙管家的肩背，令其無法動彈。

「拾娘？」他清俊劍眉高高一挑。

拾娘頷首，一下子撐開了紅油傘，而後牢牢抓住沙管家的左右手腕，逼迫其掌心朝上一翻，攤開在了那紅油傘下——

「他的手變色了！」剎那間，有眼尖的衙役驚呼了一聲。

眾人睜大了眼，倒抽了口氣。「真的，他的手上有斑斑點點的土棕色，看著怎和尋常人不一樣？」

沙管家死命想掙脫開來，冷汗狂冒，可即便是他再想大吼大叫喊冤爭辯，當自己目光落在了掌心和手指斑駁明顯的土褐色上時，腦子一轟……

——怎、怎麼會這樣？

在此時，拾娘清冷堅毅嗓音響起：

「……造紅油傘需得以礦石和蘇木、薯莨等物，研磨後混入桐油熬成，再層層疊疊刷製，這樣的紅油傘鮮紅通亮，隔著日頭站在傘下，可將人照得緋紅。」

眾人聽得專注……

沙管家卻是心跳如擂，努力想甩開她的掌控，好將掌心上的「異色」在衣衫上重重擦拭一消，可惜無果。

「但凡是肌膚或骨頭上沾染過血，即便經過濯洗，在短時間內依然會殘留一些肉眼看不出的血暈，此時只要用紅油傘一照，便無所遁形。」

王縣官等人滿臉敬佩，嘖嘖稱奇……

裴行眞對著她一笑，眼神盡是溫柔而驕傲。

沙管家卻是面如死灰，頹然地跪坐在地……

拾娘被眾人熱烈的目光——尤其是裴侍郎的笑——搞得有些赧然不自在了，她正要說什麼，倏然臉色驟變！

因爲沙管家突然抬頭，對他們露出了一個詭異的笑容，電光火石間，她和裴行眞同時出手想捏住沙管家的下顎阻止他……卻已來不及了！

沙管家吐出了一口濁黑腥臭的血來，嗆咳著卻哈哈大笑。

「你們……咳咳咳……是阻止不了我的……我在別院……動手殺完人後，就已經……呑，呑下裹了柳葉桃汁做餡兒的……咳咳……江米糰……」

所以，裴侍郎推測的沒錯，他確實是在拖延時間。

要拖延到那人出城，還有拖延到腹中消化了厚厚江米糰後，滲出這僅有一指蓋，便能殺人於俄頃間的劇毒柳葉桃汁。

終於啊！

沙管家眼裡有狂放的暢快與解脫……

猶如一個終於精疲力盡倒臥在大漠風沙裡的孤獨旅人，家已近在咫尺眼前，只要他再努力撐起最後一絲力氣，艱難地往前爬……

可或許，他眼前所看到的，也只是虛幻美麗的海市蜃樓，那個他跟阿父惦念牽掛好多好多年的家，或許早已是褪色腐朽的一場舊夢，瞬息寸寸成灰了……

拾娘和裴行眞震驚地看著沙管家停止了呼吸，大半張臉都被黑血污了，靜靜地歪伏在地，一動也不動。

✦

不久前大張旗鼓、浩浩蕩蕩穿過朱雀大街，要往城郊方向的一品驃騎李大將軍車隊，卻在行經靖安坊時改爲往右走，抵達臨西市的延福坊，而後一路北上……最後停在了靠近「開遠門」和「金光門」的「居德坊」內一處宅邸。

這片里坊所住者，多爲大唐滅東突厥後，入居長安萬餘的突厥人和粟特人，其中大半化爲胡商營生。

左領軍府左郎將安布的府邸便在此處，而此時，他正親自招待著驃騎大將軍李郭宗。

「大將軍，請用茶。」安布輪廓很深，鼻高眉濃雙眼深邃，明顯的粟特人形容，群居在西市中並不罕見。

「阿布，就不問問老夫今日突然來訪，爲的是什麼？」李郭宗接過茶碗，豪邁笑問。

安布恭敬孺慕道：「無論大將軍要做什麼，阿布都跟著您。」

「若我要做的事，在世人眼中不利於大唐呢？」他意味深長問。

安布虎軀一震。「大將軍？」

「阿布，我也老了。」李郭宗啜飲著那碗煮了胡椒、酸桔皮的茶，滋味辛辣酸澀帶勁，淡淡然道。

「將軍不老，您依然是狼群心中的猛虎。」安布眞誠道：「況且，猛虎就是猛虎，虎老，威猶在。」

「虎老，威猶在……」李郭宗放下茶碗，粗繭大手在碗沿摩娑著，平靜地慢慢吐出了一口長氣。「老夫只盼有生之年，能看著想做的事都能完成，至於身後罵名……管不了了。」

「大將軍……」

「沒事，不過是年紀大了，嘴碎又易傷感，」李郭宗威嚴滄桑的老臉上透著一絲難得的溫情。「老夫今日本與程公約了要去郊外打獵，活動活動筋骨，可適才程公命人來說，他扭著老腰了……我想著左右無事，便來尋你喝一杯茶，叨絮兩句，你不必多想。」

「是。」安布點頭，可聽著李郭宗的話，又如何不多想？

當年若非大將軍和李公、程公作保，他們這一支粟特人哪裡能入聖人眼中，安心在長安安家落戶？

所以不管大將軍今日來此，目的爲何，只要是安布能效勞，他定當全力以赴。

可安布沒想到，大將軍好似眞的就只是來敘敘舊，討一碗茶喫，直到一名副將俯身附耳在大將軍近前說了句什麼，大將軍蒼眉緊皺了皺，而後擺了擺手。

「知道了。」

「喏。」副將退下。

只聽得大將軍臉色有一絲不好看，隨即舒了口氣，喃喃：「……曠野天鷹，馴之不得，殺之不得，既天命如此，罷了罷了。」

安布想問卻沒敢問，只能默默繼續煮茶。

而後大將軍果然在喝完第二碗茶後，便起身說要走了，安布畢恭畢敬侍行到大門口，親自爲大將軍取來腳蹬，想攙扶大將軍上馬車，卻被他笑罵揮退——

「去去去，眞當老夫胳膊腿兒都老到動不了了？」

安布也笑了。「自然不是，您還是老當益壯。」

「嗯嗯，去吧！」

待寬敞矜貴的雙駕大馬車緩緩駛動，離開了安將軍府邸門前大街，李郭宗大將軍開口了，對坐在角落猶如影子的胡服氈帽女子道——

「公主終於甘心了？」

氈帽下，那雙嫵媚嬌豔、光彩照人的美眸已被高貴冷豔取代，不怒自威。

「大將軍也得到了你想得到的，」紅綃淡然反問：「你甘心了嗎？」

李郭宗大將軍用看著稚子無理取鬧的眼神，微笑注視著她。「此次出關，公主務必善自珍重。」

「謝大將軍，只是，等到我眞正能出了城再說吧。」紅綃口氣還是很冷漠。

「沒人能攔老夫的車駕。」

紅綃挑眉。「刑部裴侍郎步步緊逼，他深受聖人愛重，身後又站著裴相，如果他當眞要攔呢？」

李郭宗沒有回答，只是一笑，反問：「老夫也很好奇，公主和老夫協議在我大將軍府為『姬妾』，打探長安權貴祕事，去歲說好要潛伏崔家別院取得重要情資，並約定花朝節交付。可妳昨日失約了，為何今日又匆匆……」

「我見到了她。」

「誰？」

紅綃低聲道：「我不知道她是否認出了我，可我不能冒險讓她記起我。」

李郭宗蹙眉。「妳是說……卓家拾娘？」

紅綃點頭。「當年陰山之戰後，唐軍和薛沿陀的慶功宴上，我在篝火旁玩耍險些燒著了，當時就是卓小將軍拉了我一把。」

聞言，李郭宗臉色也嚴肅凜冽了起來。

「長安是留不得了，所以我今日不惜動用安在此地多年的釘子，也要轉移他們的注意力，破這個局。所幸，東西還是到手了。」紅綃目光危險而堅定，後諷刺一笑。「況且，崔昭太蠢了。」

前些時日來，崔昭話裡話外，已經忍不住跟他的友人暗暗炫耀，說自己得了個美姬云云……

她不知道哪天，就會被這個圖有其表的蠢貨壞了大事。

李郭宗捻著鬍鬚。「少年人麼……崔兄弟這個兒子，確實只長了一張俊俏好看的臉，擺在千牛衛裡當當花瓶子倒也適合。」

「總之，」紅綃繃著美豔臉，冷道：「長安這裡，就有勞大將軍掃尾了。」

「公主放心。」李郭宗微笑，那神祕隱晦笑容卻讓紅綃看著有些刺眼。

「還有一件事……」

「公主請說。」

紅綃頓住了，欲言又止。「你，不得爲難磨勒。」

李郭宗蒼眸幽光一閃。「哦？」

紅綃沒有解釋，只是迎視他的眼神狠戾了三分。「這是條件之一。」

李郭宗神色玩味。「好。」

對於李大將軍別有深意的探究，她只是冷冷地撇過了臉，望著車窗簾子隨著風吹起，那時不時露出的一小角長安街道風光……

她對磨勒，除了心底深處那不能細辨的情愫外，更多的還是物傷其類的惆悵。

他們都同樣孤獨，同樣苦苦追尋著那可能永遠也見不到的希望。

# 終曲

萬年縣縣衙，大堂前石板地上，儘管眾人包圍著四周，這一刻卻靜默死寂得令人發慌……

「沙管家死了，」拾娘清冷艷麗的臉上難得出現了抹沮喪和自責。「線索也斷了。」

即便紅綃的死，證實兇手的確是沙管家，可案子並沒有破。

因爲他們沒能撬開沙管家的嘴，也無法從大量卻缺乏佐證的蛛絲馬跡中抽絲剝繭，揪出幕後眞正的眞相。

「不，不是所有線索都斷了，九門那裡，定有收穫。」雖然面對沙管家的慘烈自盡犧牲，裴行眞有一瞬的黯然，但他素來心性剛正堅韌，很快就恢復了一貫的鎮定沉靜。「而且妳忘了，刑部那名死者也還在。」

拾娘終於注意到，他但凡提及別院那具屍體時，大多數都以死者稱呼，而不是紅綃，難道……

「你眞心覺得死的不是紅綃？」她一震，喃喃。「是啊，兇手會不惜殘忍剝去死者面皮的原因，一是痛恨那張臉，但最大的可能，就是想掩蓋死者的眞實身分，偷樑換柱。」

「沒錯。」他溫和道：「我在看到死者的第一眼時，就懷疑她不是紅綃了。」

拾娘一滯。

「死者的手雖然也是細皮嫩肉保養嬌貴，但長安名門貴冑府上一等侍女，多半養尊處優，是隨侍貴女和郎君們出入在側時，所象徵的『門面』。可侍女、女婢再嬌貴，手甲上染的也只是鳳仙花，不摻其他明礬、香粉等物，所以顏色較淡，且易褪。」

拾娘心下一沉……

她明白了，果然就是她漏失的那一點——

死者手上的蔻丹！

拾娘拳頭攢緊了，懊悔自咎道：「是屬下失職，犯了先入爲主的大錯，且對於女子妝飾一無所知，錯過了線索。」

「尺有所長，寸有所短。」他寬慰道：「拾娘的本事，已是多數女子甚至是男子也有所不能及的，何必自我苛責？即便是我，也有思慮不當之時，否則今日，沙昇也就不會死在我們眼前了。」

拾娘心裡的挫敗感稍稍消退了一絲，只是胸口依然沉甸甸。

「走吧，我們先回刑部。」

就在此時，黝黑精悍的磨勒從天而降，王縣官等人嚇了一大跳，衙役們本能就想拔刀護衛。

裴行眞卻是抬了抬手，上前一步，目光如炬。「告假的茶兒，是否消失了，生死不明？」

「是。」磨勒點點頭，遲疑了一下，還說了李大將軍的家將圍別院，自己從箭海中逃出之事，而後愧疚道：「是奴連累玄符大人，也害大人被大將軍府記上了。」

「原來如此。」裴行眞聽完後陷入長長思索，再開口時，低沉平靜得異常。

「無妨，長安……暗流湧動也不是一天兩天的事了。」

有聖人在，有各方勢力互相牽制著，目前誰也不能、更不想破壞這個規則與平衡。只是此事牽連甚廣，恐怕他目前推斷出的，也不過是冰山一角……

向來清貴爾雅、溫潤如玉的裴行眞破天荒地譏諷一笑。

——他平生最恨的，便是本該維護國法律則之人，卻帶頭使禮崩樂壞。

見裴行眞神情看似沉靜，眸光卻有一絲掩不住的冰冷，拾娘本能感覺到，也許情況並沒有他所說的那樣樂觀。

「大人，那麼現在呢？」拾娘主動道：「屬下能做什麼？」

裴行眞不著痕跡地看了一眼早已識趣地領著衙役退遠遠，不敢偷聽他們說話的王縣官，饒是心緒複雜，仍然不免欣賞地暗嘆這是個明白人。

這長安城裡，能坐上萬年縣和長安縣兩縣官之位的，自來都是腦子靈光手腕高，心有七竅玲瓏的。

他想了想，下定決心。「拾娘，有勞妳先把沙昇屍首帶回刑部，我要去找一個人。」

「大人，我跟你去！」她心一緊，直覺他要去見的那人，定然很危險。

他溫柔地看著她。「妳放心，我不會有事的。」

「可是大人……」

「案件查到這裡，已經不單純只是椿別院殺人案了。」他頓了頓。「不，應該說，別院殺人案已破，兇手已『畏罪自盡』……接下來的，刑部與妳都不方便再涉入了。」

「可是──」

「拾娘，妳放心，我不會讓自己有事的。」他修長大手忽然握住了她緊攢的拳頭，眸光溫情脈脈。「等我回來。」

她眼眶一熱，喉頭發緊。「大人，讓我跟去保護你。」

他搖了搖頭。「何至於此？」

磨勒忽然開口。「大人，讓奴隨扈您吧？」

「不，磨勒，你已經自由了。」裴行眞目光溫和，拍了拍他的肩頭。「天下人各司其職、亦各安本分，既他崔家未盡爲主之道，你自然不需遵爲奴之矩，人只有一條命，你這條命已經賣過一次了。從此後，你就是你，不是崑崙奴磨勒，而是崑崙兒磨勒。」

磨勒深深一震，胸中萬千熱流激蕩，淚意奪眶。「裴大人……」

「去吧！」他一笑。「本官當眞無事，可你好不容易才從別院箭陣中逃得生機，就不必再自投羅網了……何況，若你同去，本官這就不是去要個說法，而倒像是故意帶你去挑釁的。」

磨勒一怔。

「如你覺得承了我二人的情，那便勞你護送拾娘一程。」

「喏。」磨勒深深敬重，執手一揖。

拾娘見他執意，只得默默目送他翻身上馬，瀟灑揚轡而去。

◆

而以崔倞之勢，玄機之能，仍然敵不過一品驃騎大將軍之威……

當裴行眞在半途收到飛鴿傳書，改道疾馳往「開遠門」方向趕去時，只見到面如死灰的崔倞，和一臉忿忿咬牙的玄機。

「大人，李大將軍出城了，我和崔大人都擋不住他，城門郎更不敢搜查他的車駕。」玄機一見裴行眞，急忙上前稟報。「屬下敢賭，我們要找的人就藏在大將軍的馬車中，大將軍也心知肚明，可……」

在絕對的權勢面前——就是你明知我就是這樣幹了，又能奈我何？

玄機已經很久沒有這麼氣嘔過了。

裴行眞目光深沉而嚴峻，半晌後，看著不遠處猶如行屍走肉的崔倧，不知爲何，他有種預感……

經過驚心動魄的這一日，高高在上的尚書省崔左丞，恐怕從此不只錢權官位前程，就連生死都牢牢掐握在李郭宗大將軍手中了。

……崔倧府中遺失的，到底是什麼？

只是裴行眞明白，今日這集合了李大將軍府和紅綃、崔府及別院眾人所開鑼唱響的一場大戲，臺子上的命案負責吸引住了眾人的視線，而臺子後方暗悄悄發生的，才是眞正的戲肉。

最後，裴行眞深深地眺望了那座高大巍峨的城門一眼。

「走罷。」

「那崔大人……」

裴行眞眼神不冷不熱地一睨，而後低聲道：「他已經不再是弈棋者，而是成了棋局上的一枚棋子，動或不動，廢與不廢，端在棋手一念之間。」

玄機也嘆了一口氣，不知該同情還是該幸災樂禍好。

✦

回到刑部驗屍房，已近日暮。

拾娘終於再去驗了女屍的手甲，也讓茶兒的父母去認了那蓋在雪白絹布下的，女屍的手。

「是……是我家茶兒沒錯……」茶兒母親絕望地嗚咽出聲。「茶兒生下來食指就和中指並齊，人都說這是富貴之相……誰知、誰知……嗚嗚嗚，阿娘苦命的女兒啊……」

拾娘忍不住目光落在了自己的手上。

她的十指修長纖細有力，但食指也較尋常人的長度，更接近於中指，所以她從來不認爲這有何特殊之處。所以今日在驗茶兒屍體時，她也未特別留心，只當多數女子的手也是一樣。

拾娘讓刑部衙役送走了哭哭啼啼的茶兒父母，她親口答應了，待裴侍郎回來後，案件一了，自會讓人通知二老，來帶茶兒回去安葬。

她再收拾心神，又專心驗起了驗屍房中的幾具屍體。

慘況令人難安。

因為先沙管家屍首一步送來的，是沙管家一家幾口……他的妻子、兒子、媳婦，還有一個小小的女娃兒……

拾娘在見到那女娃兒漆黑淤紫痛苦的小臉時，再也忍不住熱淚盈眶，死死地握拳往樑柱上狠狠一捶！

——該死。

大人們的爭鬥算計和無奈，又與一個小小不諳世事的娃娃何干？

拾娘當然知道，沙管家就是某方勢力安在長安的釘子、細作。

而這些釘子平時在此落地生根，一代又一代，他們跟平常人一樣日出而作，日落而生，汲汲營營於養家活口。

他們會哭會笑，有煩惱也有快活，爲著柴米油鹽醬醋茶和生活中的大大小小雞毛蒜皮事，會拌嘴、會嬉鬧……

直到，有一日他們收到了上頭交付下來的指令，他們便揮別所有數十年經營的一切人生，飛蛾撲火、壯烈燃燒……完成任務。

這樣的細作，有個統稱：蟬兵。

如蟬的一生，十數年在黑暗泥土中默默生存，最後破土而出，見了天日響亮鳴叫，而後，就只活了一個夏日……

拾娘很清楚，因爲大唐也會往四海八方撒出這樣的蟬兵。

卓家軍內，她有無數叔伯就這樣消失了，不知在何處，不知何時能回，甚至連是不是還活著，也不知。

而赤鳶阿姊，是僥倖回來的那一個。

爲何世上戰火永不歇止？

太平盛世太平人，又有多少人能享受這樣的日子？

拾娘疲憊地走出了驗屍房，她望著已經夜幕降臨的天空，坊和坊之間，璀璨燃起的長安繁華萬家燈火。

她突然覺得很寂寞。

就在此時，一個溫溫柔柔的女聲在跟前響起——

「卓家阿姊，妳、妳能教我驗屍之技嗎？」

拾娘回過神來，才知在自己心神震蕩下，竟不知幾時，昨日才見過的那飄逸如仙的長安貴女道娘，已經走近她面前。

「能嗎？」道娘滿眼希冀又忐忑，不安地揉捏著腰間的玉禁步。

她愣了一下。「妳說什麼？」

「我想像卓家阿姊妳一樣，能爲逝者發聲鳴不平。」道娘雪白清艷的小臉嚴肅地看著她，堅定道。

「仵作向來受人厭懼輕賤，妳是尚書大人掌上明珠，不需如此。」她認真地凝視著道娘。「若妳想發揮所長，不願做個關在閨閣裡的千金，以妳的聰慧，還有很多事可以做，像妳昨日就能從算盤子裡推斷出——」

「不！」道娘略顯激動地上前。「這樣還不夠的。我想眞正的做些實事，還有幫上阿兄的忙。卓家阿姊，我不會給妳和阿兄扯後腿的，我一定會用心學習，終有一日，我要成爲一個有資格與阿兄並肩的人。」

拾娘看著她熱烈而天眞赤誠的眸光，忽然覺得心情更不好了。

不，也不純粹是這樣。

一方面拾娘覺得這世上任何一個女子，若能夠找到自己心中志向所在，都是一件大好事，可另一方面，當她聽道娘說，想要幫上裴侍郎的忙，有資格與他並肩……她又覺得心臟好像被什麼重重刺了一下！

她，不喜歡這種滋味。

隱隱透著酸澀，不安，焦慮……總之是她二十一年來從未嘗過的陌生心緒，可卻在短短的昨日和今日，便在這同一個油鍋裡，來回翻滾反覆炸了兩遍。

——這感覺，眞他娘的不舒服！

拾娘深深吸了一口氣，本就心情鬱鬱，現在更覺得胸口肚腹塞了團灼熱的東西，吐也吐不出，嚥也嚥不下。

然後，裴行眞回來了，無知無覺地一腳踩進了修羅場。

「妳們都在？」

道娘眼睛一亮，嫣然一笑。「阿兄，昨日你們倆落下了我，今日怎麼說也欠我一回吧？」

「昨日是阿兄理虧。」他摸摸鼻子，自失一笑。「好，那便罰阿兄和卓娘子請妳吃喝一頓，以做賠禮……外頭的坊門要關了，那我們便在刑部隔壁那家羊湯舖子吃個夜宵如何？對了，妳來，縣主可知道？」

「阿娘跟阿耶知道我來找你和卓家阿姊，可放心呢！」道娘聞言，歡喜不已。

拾娘冷眼旁觀，在裴行眞眉目舒展，含帶愉色地望向自己時，忽然道：「屬下不餓，兩位自去便好，我還得去整理一疊子驗屍格，就不與二位湊熱鬧了。」

道娘一愣，有些無措。

卓家阿姊看起來有些生氣……那她這是不答應做自己的師傅了嗎？

裴行眞見拾娘轉身就走，心下一驚，大步追了上去，終於在她踏進班房的剎那，及時跨門檻而入，沒被她反手一傢伙把門板拍在臉上！

「拾娘，怎麼了？妳在生氣嗎？妳生誰的氣？我的氣嗎？」他緊張惶惶追問。

她憋著一口鳥氣，可也知道自己這氣是生得沒來由也沒……必要，可她就是生氣。

也許從昨日到今日對自己能力的失望、自責……到別院殺人案對幕後主使的無力，還有見到剛剛沙家那幾口人服毒身亡的慘狀……

拾娘覺得自己整個人都快炸了。

這長安，徒然讓人有種抑鬱窒息的感覺……

「裴大人，你剛才去找的是李郭宗大將軍嗎？」她仰頭問。

他一頓。「……是。」

「李大將軍怎麼個說法？」

裴行眞深邃睿智的眸子有一絲黯然，卻並不因挫敗而放棄，堅定道：「我與玄機在一品驃騎大將軍府外守著，等回了大將軍。」

她盯著他，專心聽著。

「大將軍猜到了我會上門詰問，」他靜靜地道：「他說，這件事的背後緣由，聖人知道。」

她大大一震，卻是不自禁寒毛直豎。「聖人知道?!」

「大將軍說，這是一個局。」裴行眞嗓音低啞，輕輕道：「事涉朔方、靈州、薛延陀甚至是突厥……的大局，妳我只要知道，止步至此就好。」

「那死去的茶兒呢？無辜被牽連的磨勒呢？還有……沙家那個兩歲的小女娃，她又做錯了什麼？」拾娘眼眶血紅，隱隱含淚。「誰來給他們一個交代，一個公道？」

「拾娘，妳信我。」他見她淚眼婆娑，不由心頭一痛，憐惜地想為她拭淚，卻被她一下子隔開了。

「你能爲他們爭個公道正義嗎？」她在質問他的同時，其實也是在質問自己，並且……越發痛恨著自己的無能爲力。

他上前一步，想握住她的手，卻又被拾娘躲閃開來。

「拾娘！」

「裴行眞，我不喜歡長安了。」她注視著他，清冷嗓音裡有一絲哽咽。

他心疼如絞。「拾娘，別這樣，我有辦法，妳相信我。」

她搖了搖頭，向來筆挺傲然如一桿紅纓槍的腰背，卻在這時微微坍塌垮了幾寸……

「對不起，我不該怪你，」她疲倦地道：「對上這樣的事，誰也無計可施。」

她當然知道聖人要穩固江山，要開創天下，使四海昇平、萬國來朝，便少不了這世間至光明至黑暗的，永無止境的權衡算計。

但理解，不代表接受……

「拾娘……」

「我想回蒲州。」她望著他，素來神采奕奕的明亮雙眼，此刻隱隱黯淡萎靡。

他臉色發白，心中劇痛更深。

可令裴行眞難過的，並不是她的不戰而退，而是她眼中那熊熊燃燒、可以爲之奮戰到底的正直剛強火焰，卻被骯髒的朝政手段生生當頭澆了一盆冷水……

來自背後的刀劍，往往最致命也最痛。

倏然間他再不顧一切，堅定地振臂一把將她緊緊摟入了懷裡！

「……」拾娘僵住了，呆呆地被摁在他溫暖強壯的胸膛前。

她有一霎的腦中一片空白，只聽到懾怦通怦通……越來越劇烈激動的兩重心跳聲……還有鼻息間嗅聞到他身上奔波了一日，揉合著衣上薰香和醇厚好聞的淡淡男子汗味。

拾娘臉頰瞬間燥熱爆紅了起來。

「拾娘信我，這案子，我裴行眞必定管到底！」

# 番外篇：鏡底心事

紅綃後來才知道……

——原來猜中她所設謎語的，從來就不是那個英俊少年郎崔昭。

那日在李郭宗大將軍所設下的宴席後，她聽從大將軍的命令，送崔昭出門。

在月下宮燈掩映間，她特意羞紅著小臉，先是比出三指，而後伸出手掌對崔昭翻轉了三次，又指了指自己玉頸間配戴的黃金項圈小圓鏡，道——

「記好啦！」

崔昭癡癡地點了點頭，戀戀不捨地追隨著她的一顰一笑。

她低首側身，嘴角嫣然，這才轉身翩然離去。

只是怎麼也沒想到，這一夜之後，卻久久不見下文，她等過了一個又一個十五月圓……

紅綃以爲，是崔昭在想明白了後，依然警醒地推卻了這個誘惑。那時她心中還暗道——不愧是尙書左丞崔倞精心教養的嫡長子，即便美人在前，還是睿智敏思，不爲女色所動。

卻渾不知，其實是他根本勘不透她話中玄機和暗示，直到他府上的崑崙奴磨勒見他失魂落魄許久，在旁敲側擊之下，方替他解了這兩道謎題。

——手比三指，是她住在大將軍府十院歌姬中的第三院，掌翻三遍，便是示意十五日，而胸間小圓鏡則指月圓。

與君相約十五月圓之日，第三院中盼相會之時。

……紅綃在窗邊梳著髮，靜靜地注視著窗外那個戍守在角落的高大黝黑男人。沉默寡言，巍峨深沉如黑夜裡的巨岩。

他雖是唐人眼中任勞任怨地位卑下的崑崙奴，可在她眼裡，卻比長安這些面白唇紅、俊俏高傲的貴公子們強上百倍。

這，才是眞男兒。

她突然匆匆綰了個螺髻，用一支鬧蛾金釵別住，珠花綴著紅豔豔的珊瑚珠子，襯著金燦燦的蛾兒，顯得分外俏皮可愛，而後款款起身，身姿妖嬈曼妙地走出了房門。

「磨勒！」紅綃脆生生地喊了一聲。

磨勒本能銳利戒備地眸光射來，在發現是她的剎那，那鋒利之色瞬間又消失無蹤，沉澱靜默一如又潛入了深海裡的黑蛟。

他低頭，執手一禮。

「紅綃娘子。」

她柔聲問：「磨勒，你今日怎地沒隨郎君出門？」

他一頓，恭敬回稟道：「郎君回府，命磨勒守好別院，保護紅綃娘子。」

「別院裡裡外外都是崔家的人，誰會對我不利呢？」她巧笑倩兮，美眸流轉，故意打趣道。

磨勒不言語，依然低頭侍立。

「磨勒，你是何處習得的這一身出神入化好武藝？」她卻是談興正濃，嬌聲好奇問。

磨勒沉默了一瞬，低聲道：「家師……不讓說。」

她凝視著她，又問：「以你這樣的身手，在崔府該被高高奉為客卿才對，怎麼會……」

「奴是崑崙奴。」他只簡短道。

紅綃一怔，難掩黯然。

在長安，崑崙奴、新羅婢、菩薩蠻，三者都是唐人眼中被用來炫耀和驅策的存在。

哪家高門貴族富戶不以擁有這三者爲樂？

敦厚勇毅的崑崙奴，美貌乖巧的新羅婢，還有美艷溫馴的菩薩蠻，皆來自海外或胡地，忠心事主無所不從……

可高高在上的唐人，卻打從心眼裡瞧不起他們。

她忌憚著交淺言深，只是沉默良久後，終究還是忍不住道：

「莫管他人眼光，你需得記著，你自己是什麼樣的人便足夠了。」

垂首恭立的磨勒肩背繃緊了一瞬，似受震動。

紅綃說完了後，見他半晌沒有回答，便也有些後悔，心頭湧現了一股莫名的悶氣，自嘲道：「不過……我又有何資格同你說這樣的話呢？」

在世人眼中，她這樣以色侍人的美姬，也不過是高門子弟眼中另一件華麗的新衣袍罷了？

即便眼下崔昭口口聲聲心悅她，此生唯她足以。

可他們彼此心知肚明，情濃時，什麼天長地久、此生不渝的甜言蜜語說不出的？

待得戲散，把話當真了聽的那個，才是真正的大笑話。

紅綃清豔嬌媚的臉龐掠過了一抹諷刺和蒼涼。

一時間，四周靜了……

只聽得風過葉梢，颯颯而起之聲。

她還沒察覺，始終眸光低垂的磨勒，忽開口輕聲提醒道：

「……外頭風大，請娘子回房添衣，免著了風寒，不好。」

她聞言，玉手下意識地掩住了自己半裸露的酥胸，莫名有些羞赧起來，可再一細思，心頭竟是一熱。

素來，唐人娘子最喜襦衫束裙，露出一抹女子豐滿嬌媚春色，她這些年來在李大將軍府中亦是慣常做如此打扮，連崔昭都最迷戀她這般妝飾……

可眼前這崑崙兒青年，目光從方才至今，不曾流連她嬌軀之上，也未有男子貪婪戀色之情。

他就這樣低著頭，以崑崙奴之身，守君子之禮，聲音低沉平靜，卻淡淡說出了最暖人心窩的話。

有多少年了？

有多少年，沒有人對她說過「外頭風大，要添衣，免得著了風寒」這樣樸素真誠的話語了？

她鼻頭微微酸楚，很快別過視線，努力眨去水靈靈眸中突然浮現的淚意。

饒是她掩飾得極快，磨勒五感靈通，又如何感覺不到她的異狀？

他反倒有些不安，以爲是自己說錯了什麼，冒犯了紅綃，吶吶道：「紅綃娘子，是奴唐突了，奴——」

見他一個深沉肅穆的大男人一瞬間手足無措如同稚童，她不由噗哧一笑，心頭悵惘酸澀剎那間消散了大半。

磨勒面容精瘦剛毅如斧鑿的面龐，因爲肌膚黝黑之故，自然是看不見臉紅的，可偏偏紅綃就是看出他臉紅了。

「磨勒，你餓嗎？」

他愣了愣，微愕抬頭。

這才，終於和她美麗含笑的眸子相觸了。

「紅綃娘子……」

「我會做極好吃的酥油餅子，你吃嗎？」

「奴不敢——」他一震，忙又低下頭去，後退了兩步。

……實則，是不配的。

她假意嘆了口氣，語帶自憐自艾。「原來我的手藝，連磨勒你都嫌棄……」

「不是嫌棄。」他有些侷促。

她楚楚可憐地望著他。「我多年不做，已然有些手生了，今日倘若又做了些來，磨勒可願捧場幫著嚐嚐？」

磨勒幾時見過女兒家家這樣婉轉嬌嗔的癡纏法？

他僵了半天，心知不該，可又不忍見她失望……幾經內心掙扎，最後只能紅著臉忙拱手急急後退。

「奴，先去巡視外院戒護了，娘子請自便。」

她望著他矯健身形「落荒而逃」，先是有些傻住，隨即再也忍不住咯咯笑了起來……

聲如銀鈴，喜悅滿溢。

這錦繡遍地卻浮華空洞的崔家別院，其實也不是那麼……冷。

# 番外篇：又是長安美食的一天

一大早，坊門開，長安城又開始了百業蒸騰熱鬧起來……

拾娘一身俐落束腰胡服打扮，長髮簡單綰了個髻，用一柄桃木簪別住，七事帶上懸著的佩囊裡沉甸甸的，裝滿了小碎銀和銅錢，甚至有兩、三枚金珠子。

她早打探好了西市有哪些好吃的，決定在借調長安的每一天起，但凡沒有案子，但凡下差或休沐，就一家一家，一攤子一攤子吃過去！

況且她心裡有個計較，只要她吃得攤兒多，就沒人知道她食量大。

「嗯，我眞聰明。」她摩娑著下巴，冷豔臉龐面無表情，但內心掩不住得意洋洋。

——光是餅子類的，便有蒸餅、煎餅、胡餅、曼頭餅、薄夜餅、喘餅、撩丸餅、渾沌餅、夾餅、水溲餅、截餅、燒餅、煮餅、鳴牙餅、糖脆餅、二儀餅、石敖餅等等等……

這天，拾娘熟門熟路地在「劉庥子」的水溲餅舖子坐了下來，要了一大碗用熬得濃濃甘甜醇香雞湯做底的水溲餅。

水溲餅裡的麵片兒雪白勁道，在唇齒間咀嚼一忽兒就自然而然地溜滑進了喉裡，再喝上一大口雞湯，裡頭摻雜著燉得軟爛的雞絲兒……她輕輕鬆鬆就能來上兩、三碗呢！

老闆劉庥子還會貼心地爲食客們送上一小碟子醃得酸甜爽口的瓜條，可解膩了。

三碗雞湯水溲餅下肚後，拾娘出了一身舒服的熱汗，她隨意地擦了擦汗水，瀟灑地付了帳後，又帶著根本看不出絲毫微突的肚子，大步前往下一個攤子去。

水溲餅雖然美味，但沒有大口吃肉大塊喝酒的痛快感，所以她是不餓了，但也沒覺得飽，所以往前再走了一小段路，便熟悉地拐入了另一條巷子裡。

肉香不怕巷子深啊……

循著香噴噴的肉味兒找去，就能找到那家「周記羊餅舖子」。

烤得外酥裡嫩的胡餅，夾著紅燒燜燉得軟硬適中的羊肉，肉中帶筋，醬香味混著胡椒的辛香氣兒，再剁了些大蔥進去，大口咬下……

肉的豐腴脂香油香，餅子的脆香麵香，還有恰到好處的蔥甜鮮辣，這一刻，真是拿山珍海味來都不換。

拾娘又吃得滿頭大汗，酣暢淋漓，時不時端起一旁燉了羊雜和蘿蔔塊兒的湯啜飲，上頭得撒上大把大把翠綠的芫荽，這才夠妥貼呢！

吃完了鹹食後，她出了羊餅舖子，便閒晃到了前頭賣酪櫻桃的店舖去。

一大盞淋了酪和冰涼蔗漿的新鮮櫻桃，端將上來就像春日的一幅畫兒似的。

拾娘自知是個武人，還是個粗人，是沒多大興致欣賞這畫面的美，她只覺見到那櫻桃，便禁不住唾液肆流……

拾娘埋頭大吃，三兩下就把一大盞酪櫻桃吃光了，正猶覺不足時，忽然旁邊又遞來了一大盞。

她一呆，警覺抬頭。

只見英俊清雅、笑意吟吟的裴行眞看著她，熟稔地在她面前席坐而下。

「大人……您跟蹤我？」她想起了剛剛自己這一路吃過來的「豐功偉業」，莫名心虛，有些小小羞惱起來。

「自然不是。」他微笑，忙解釋。

咳，當然不能坦然相告，說他趁著今日休沐，清早坊門才開就趕到了自家別院，可慶伯說拾娘已經出門去西市逛逛，他便一路拍馬趕了過來。

找了大半個西市，總算追上了她。

別看裴行眞坐在這兒，一副氣定神閒雍容優雅的貴公子風範，其實方才在進店之前，他才好一番鄭重其事的拭汗跟理衣袍。

否則風塵僕僕灰頭土臉，還怎麼出現在拾娘面前賣笑……咳，不對，是露笑？

「拾娘今日嚐長安小食，怎地不約我？」他笑問，語氣裡有一絲淺淺的哀怨。

拾娘一滯——

當然是，約了大人共食，她都得收著胃口，如何吃得過癮暢快？

「難道拾娘怕我搶著付帳？」他打趣兒。

她眨眨眼，本想說——不，我是怕大人佩囊裡的銀錢還不夠我爽吃一頓的——

後來想想，還是又把話嚥了回去。

一個人胃口大如饕餮，說起來好像也不是件值得風光炫耀的美事兒。

「待會兒還有什麼想吃的嗎？」他眉目舒展含笑，又主動問：「妳可嘗過西市古老兒家的『巨勝奴』？」

「人說酥蜜寒具中第一絕的巨勝奴？」她眼睛一亮。

「是，這巨勝奴用油炸過，甜脆可口，」他笑道：「還有這麼一說：『巨勝奴入口啓齒，咀嚼間能聲動十里人……可見其酥脆。」

拾娘明知不應該，但她還是在裴行真的形容下暗暗地吞了口口水。

呀，聽起來就很好吃啊……

「如何？」他鳳眸漾笑，語帶誘惑。「拾娘可要與我一同親去見識見識，這

『巨勝奴』是怎麼個『聲動十里人』？」

「這……」她好生猶豫。

「或者拾娘想一嚐『葉娘子』家的虹橋米錦花糕？」他柔聲描述。「用薔薇或石榴、梔子花、艾草等等花果青葉搗出汁來，分別和入江米中，和蔗漿或蜂蜜蒸成了七彩，而後裁切成米糕條兒，壓入花模之中，敲出一只只精緻嬌豔的小花糕……吃來香甜軟糯，回味無窮。」

「你、不、要、再、說、了。」她忽然抓住他的大手，表情嚴肅而隱忍。

「拾娘？」他被她捉住手的剎那，肌膚相觸，不由心中一蕩，一時間也沒聽清她方才究竟說了什麼，只是耳朵刷地紅了起來，腦海只迴蕩著……

拾娘握我的手了……拾娘主動握我的手了……

「裴大人！」

「嗯？啊？」他終於回過神來，玉面發燙，赧然。「……嗳，拾娘妳說，我都聽著呢！」

「走吧！」她力大無窮地一把拉起他。

「走……哪？」他一愣。

「吃巨勝奴和虹橋花糕去。」她豪邁地一拍腰間佩囊。「大人帶路，我請客！」

他被拉得腳下有些踉蹌，雖然不那麼翩翩如玉貴公子了，但看著前頭昂首闊步的女郎，低頭看了看她抓住自己的手，登時笑得有些像老財主家的傻女婿兒——

「好呀好呀，咱們一齊去。」

（全書完）

國家圖書館出版品預行編目資料

破唐案・裴氏手札・卷三：續崑崙奴/雀頤作. -- 初版.
-- 臺北市：春光出版, 城邦文化事業股份有限公司出版：英屬蓋曼群島商家庭傳媒股份有限公司城邦分公司發行, 民2023.11
冊；　公分. --（奇幻愛情；　）
ISBN 978-626-7282-40-3（平裝）

857.7　　112015425

# 破唐案・裴氏手札・卷三：續崑崙奴

作　　者／雀頤
企劃選書人／王雪莉
責 任 編 輯／王雪莉、張婉玲

版權行政暨數位業務專員／陳玉鈴
資深版權專員／許儀盈
行銷企劃主任／陳姿億
業 務 協 理／范光杰
總　編　輯／王雪莉
發　行　人／何飛鵬
法 律 顧 問／元禾法律事務所　王子文律師
出　　版／春光出版
臺北市104中山區民生東路二段 141 號 8 樓
電話：(02) 2500-7008　傳真：(02) 2502-7676
部落格：http://stareast.pixnet.net/blog　E-mail：stareast_service@cite.com.tw
發　　行／英屬蓋曼群島商家庭傳媒股份有限公司城邦分公司
臺北市中山區民生東路二段 141 號11 樓
書虫客服服務專線：(02) 2500-7718 / (02) 2500-7719
24小時傳真服務：(02) 2500-1990 / (02) 2500-1991
服務時間：週一至週五上午9:30～12:00，下午13:30～17:00
郵撥帳號：19863813　戶名：書虫股份有限公司
讀者服務信箱E-mail: service@readingclub.com.tw
歡迎光臨城邦讀書花園　網址：www.cite.com.tw
香港發行所／城邦（香港）出版集團有限公司
香港灣仔駱克道 193 號東超商業中心 1 樓
電話：(852) 2508-6231　　傳真：(852) 2578-9337
E-mail : hkcite@biznetvigator.com
馬新發行所／城邦（馬新）出版集團【Cite (M) Sdn Bhd】
41, Jalan Radin Anum, Bandar Baru Sri Petaling,
57000 Kuala Lumpur, Malaysia.
Tel: (603) 90563833　Fax:(603) 90576622　E-mail:cite@cite.com.my

封 面 設 計／Ancy Pi
內 頁 排 版／芯澤有限公司
印　　刷／高典印刷有限公司

■ 2023 年 10 月 26 日初版一刷
Printed in Taiwan

城邦讀書花園
www.cite.com.tw

售價／380 元



ISBN　978-626-7282-40-3

| 廣　告　回　函 |
| --- |
| 北區郵政管理登記證 |
| 臺北廣字第000791號 |
| 郵資已付，免貼郵票 |

104臺北市民生東路二段141號11樓

**英屬蓋曼群島商家庭傳媒股份有限公司**
**城邦分公司**

請沿虛線對折，謝謝！

愛情．生活．心靈
閱讀春光，生命從此神采飛揚

# 春光出版

| 書號：OF0098 | 書名：破唐案．裴氏手札．卷三：續崑崙奴 |
| --- | --- |

請於此處用膠水黏貼

# 讀者回函卡

謝謝您購買我們出版的書籍！請費心填寫此回函卡，我們將不定期寄上城邦集團最新的出版訊息。亦可掃描 QR CODE，填寫電子版回函卡。

姓名：______________________

性別：☐男　☐女

生日：西元________年________月________日

地址：______________________

聯絡電話：________________ 傳真：________________

E-mail：______________________

職業：☐ 1. 學生 ☐ 2. 軍公教 ☐ 3. 服務 ☐ 4. 金融 ☐ 5. 製造 ☐ 6. 資訊

☐ 7. 傳播 ☐ 8. 自由業 ☐ 9. 農漁牧 ☐ 10. 家管 ☐ 11. 退休

☐ 12. 其他 ______________________

您從何種方式得知本書消息？

☐ 1. 書店 ☐ 2. 網路 ☐ 3. 報紙 ☐ 4. 雜誌 ☐ 5. 廣播 ☐ 6. 電視

☐ 7. 親友推薦 ☐ 8. 其他 ______________________

您通常以何種方式購書？

☐ 1. 書店 ☐ 2. 網路 ☐ 3. 傳真訂購 ☐ 4. 郵局劃撥 ☐ 5. 其他 ______

您喜歡閱讀哪些類別的書籍？

☐ 1. 財經商業 ☐ 2. 自然科學 ☐ 3. 歷史 ☐ 4. 法律 ☐ 5. 文學

☐ 6. 休閒旅遊 ☐ 7. 小說 ☐ 8. 人物傳記 ☐ 9. 生活、勵志

☐ 10. 其他 ______________________

請於此處用膠水黏貼